GRAMMAIRE FRANÇAISE

ÉLÉMENTAIRE.

LIVRE DE L'ÉLÈVE.

Tout exemplaire de cet ouvrage non revêtu de notre griffe sera réputé contrefait.

A la même Librairie :

DICTIONNAIRE (Nouveau) **ABRÉGÉ DE LA LANGUE FRANÇAISE,** suivi d'un *Dictionnaire historique, mythologique et géographique,* ou Dictionnaire des noms propres les plus usités ; par M. Sardou, 1 fort vol. d'environ 720 pages, très-bien imprimé. Prix, br.   2 « «
Cartonné.   2 25
— *Le même,* joli cartonnage en percaline anglaise gaufrée. Prix.   2 60
Dictionnaire de la langue française, seul. Prix, br.   1 50
Cartonné.   1 65
— *Le même,* joli cartonnage en percaline anglaise gaufrée. Prix.   2 « «
Le *Dictionnaire historique,* etc., seul. Prix, br.   « 50
— *Le même,* cart.   « 60

ÉLÉMENTS DE LA GRAMMAIRE ANGLAISE, rédigés sur le plan de la grammaire française de *Lhomond,* revue et complétée par M. Guérard, contenant un traité de prononciation anglaise marquée d'après un nouveau système raisonné, par M. H. Montucci, professeur d'anglais au lycée Saint-Louis. 1 vol. in-12. (Livre de l'Élève). Prix, cart.   1 25
   Id.   Id.   (Livre du Maître). 1 vol. in-12. Prix, cart.   1 75

Coulommiers, — Imprimerie de A. MOUSSIN.

COURS COMPLET
DE LANGUE FRANÇAISE

(THÉORIE ET EXERCICES),

PAR M. GUÉRARD,

AGRÉGÉ DE GRAMMAIRE,

PRÉFET DES ÉTUDES AU COLLÉGE SAINTE-BARBE.

PREMIÈRE PARTIE :

GRAMMAIRE ÉLÉMENTAIRE
D'APRÉS LHOMOND.

LIVRE DE L'ÉLÈVE.

TROISIÈME ÉDITION.

> La métaphysique ne convient point
> aux enfants.
>
> LHOMOND.

·PARIS,

DEZOBRY ET E. MAGDELEINE, LIBRAIRES–ÉDITEURS,

1, Rue des Maçons-Sorbonne.

1853.

AVERTISSEMENT

SUR CETTE NOUVELLE GRAMMAIRE.

Nous ne manquons pas de grammaires françaises : mais, en général, ces ouvrages sont loin d'atteindre le but que l'on doit se proposer dans l'enseignement élémentaire. La plupart des auteurs, méconnaissant la nature des intelligences auxquelles ils s'adressent, parlent un langage que les enfants ne sont pas en état de comprendre. Sous prétexte de donner les définitions les plus rigoureuses, les théories les plus complètes, une nomenclature plus exacte et plus méthodique, ces grammairiens font de savantes dissertations, dont le moindre inconvénient est de ne présenter aucune utilité pratique : ils ont voulu tout éclaircir, ils ont tout embrouillé. Perdu dans ce labyrinthe obscur, l'enfant cherche vainement le flambeau qui doit éclairer, le fil qui doit guider ses pas.

Ces curiosités de la science sont bonnes tout au plus pour des érudits. Il faut à l'élève des préceptes et non des dissertations. Donnez-lui des définitions courtes, claires, précises ; des règles simples, des principes sûrs ; accompagnez vos leçons d'exemples choisis qui les résument d'une manière frappante, et d'applications nombreuses qui vivifient en quelque sorte les règles et les définitions : l'analogie fera le reste, et beaucoup mieux qu'une savante discussion.

Gardez-vous encore de vouloir enseigner trop de choses

à la fois : autrement il arrivera, comme le dit Lhomond, qu'*en voulant verser tout d'un trait une liqueur dans un vase dont l'embouchure est étroite, au lieu de l'y introduire goutte à goutte, la liqueur se répandra au dehors, et rien n'entrera dans le vase.* Montrez donc à l'enfant les choses une à une ; conduisez-le du connu à l'inconnu, du simple au composé. N'énoncez jamais des idées générales dépendant d'idées particulières que l'élève n'a point encore acquises ; expliquez-lui la raison des choses qu'il peut comprendre, mais de celles-là seulement : point de procédés purement mécaniques, mais point de métaphysique non plus.

Cette marche est celle que prescrit un de nos plus éminents grammairiens, M. Burnouf. Si l'on y regarde bien, on reconnaîtra que c'est aussi en plusieurs points la méthode de Lhomond, cet esprit juste et observateur, ce vieil ami du jeune âge, dont le rare et grand mérite est de parler toujours un langage simple et constamment à la portée des enfants.

Nous ne pouvions mieux faire que de suivre de tels guides. La petite *Grammaire française de Lhomond* a été la base de notre travail. En donnant les définitions que Lhomond avait omises, à dessein, sans doute, mais que les progrès de l'instruction élémentaire ont rendues indispensables aujourd'hui ; en complétant celles qu'il n'a qu'ébauchées ; en développant les points qu'il n'a fait qu'indiquer ; en remplissant enfin, pour ainsi dire, les intervalles des jalons qu'il a plantés, nous avons voulu achever l'exécution de son plan, sans trop nous en écarter.

Cet abrégé servira lui-même de texte à une grammaire plus complète, dans laquelle on trouvera des règles plus étendues et des exceptions plus nombreuses qui ne seraient point ici à leur place.

Pour que ce livre ait un but essentiellement pratique, nous avons multiplié les *questionnaires* (1) et les *exercices*. Nous donnons sur chaque point grammatical trois sortes d'exercices : 1° d'*analyse*, 2° d'*orthographe*, 3° d'*invention*.

Ces derniers consistent à faire trouver par l'élève le mot ou la locution à laquelle s'applique le fait grammatical ou les phrases qui rentrent dans la règle. Ces exercices bien gradués donnent de l'activité à l'esprit de l'élève, fertilisent son intelligence et la préparent progressivement aux petites compositions littéraires, telles que les lettres missives, les narrations simples, etc.

Nous avons banni de nos recueils d'Exercices toute espèce de *cacographie* et de *cacologie*. Nous pensons, avec bien des esprits droits et expérimentés, que l'étude ou l'observation des formes vicieuses et des mauvais modèles, est un fort mauvais moyen d'acquérir la correction et le goût.

La Conjugaison est peut-être la partie la plus importante de l'enseignement grammatical élémentaire. Nous avons essayé de simplifier cette étude, et nous croyons y avoir réussi en classant à part les verbes véritablement irréguliers, et en faisant voir que ces verbes sont fort peu nombreux. Pour ce qui est des verbes en *ger, eler, eter, ier,* etc., nous avons reporté les modèles de leur conjugaison dans des *Cahiers d'Exercices* rédigés pour notre Grammaire.

On trouvera aussi dans ces cahiers de nombreuses et importantes remarques sur l'orthographe usuelle, sur la ré-

---

(1) Ces questionnaires ont été placés dans la grammaire à l'usage du *maître;* ils auraient grossi inutilement la grammaire de l'*élève.* Nous avons suivi en cela, comme en beaucoup d'autres points, l'avis des maîtres et des instituteurs que nous avons consultés.

duplication des consonnes, sur l'emploi des signes ortho-
graphiques, et principalement sur les *homonymes*. Il nous
a semblé que ces remarques seraient beaucoup mieux à
leur place, en tête d'exercices spéciaux, qu'entassées à la
fin de la Grammaire, et présentées sous la forme purement
théorique.

Nous mettons ce petit livre sous le patronage de messieurs les instituteurs et professeurs élémentaires. Nous ne
serons pas moins reconnaissant de l'appui dont ils voudront
bien nous honorer, que nous le sommes des observations
et des conseils que nous devons à leur habileté et à leur
expérience éclairée.

GRAMMAIRE FRANÇAISE
ÉLÉMENTAIRE.

PREMIÈRE PARTIE.

INTRODUCTION.

Mots, lettres, voyelles, consonnes, syllabes.

1. — La *Grammaire* est l'art de parler et d'écrire correctement.

2. — Pour parler et pour écrire on emploie des *mots.*

Les mots écrits sont formés de *lettres.*

Il y a deux sortes de lettres, les *voyelles* et les *consonnes.*

Les voyelles sont *a, e, i, o, u* et *y.* On les appelle *voyelles* parce que, seules, sans le secours d'autres lettres, elles représentent une *voix* ou son.

Les consonnes sont *b, c, d, f, g, h, j, k, l, m, n, p, q, r, s, t, v, x, z.* Ces lettres sont appelées *consonnes* parce qu'elles ne peuvent former un son qu'avec le secours des voyelles, comme *ba, be, bi, bo, bu,* etc.

3. — Il y a trois sortes d'*e* : *e* muet, *é* fermé, *è* ouvert.

L'*e muet,* comme à la fin de ces mots : *homme, monde.* On l'appelle *muet,* parce que le son en est peu sensible et quelquefois nul, comme dans *joie, il paiera.*

L'*é fermé,* comme à la fin de ces mots : *bonté, café.* Cet *é* se prononce la bouche presque fermée.

L'*è ouvert,* comme à la fin de ces mots : *procès, accès, succès.* Pour bien prononcer cet *è,* il faut appuyer dessus et desserrer les dents.

4. — L'*y* s'emploie quelquefois pour un *i,* comme dans *martyr, mystère*; et le plus souvent pour deux *i,* comme dans *pays, moyen, joyeux,* qui se prononcent *pai-is, moi-ien, joi-ieux.*

5. — La lettre *h* est *muette* lorsqu'elle ne se fait pas sentir dans la prononciation ; exemples : l'*homme*, l'*honneur*, *chrétien*; que l'on prononce comme s'il y avait l'*omme*, l'*onneur*, *crétien.*

La lettre *h* est *aspirée* quand elle fait prononcer, avec aspiration, la voyelle qui la suit, c'est-à-dire en la détachant de la lettre précédente : ainsi l'on écrit et l'on prononce séparément les deux mots *la haine*, et non pas l'*haine; les héros*, et non pas comme s'il y avait *les zhéros.*

6. — Les mots sont d'une ou de plusieurs *syllabes* : *bon* est un mot d'une seule syllabe; il y a deux syllabes dans le mot *bonté* (bon-té); il y en a trois dans le mot *élément* (é-lé-ment).

Ainsi, l'on appelle *syllabe*, dans les mots, une voyelle qui, seule ou jointe à d'autres lettres, forme un son unique.

Voyelles longues et voyelles brèves , accents , tréma, apostrophe , cédille , trait d'union ; différentes espèces de mots.

7. — Les voyelles sont *longues* ou *brèves.*

Les voyelles *longues* sont celles sur lesquelles on appuie plus longtemps que sur les autres en les prononçant.

Les voyelles *brèves* sont celles sur lesquelles on appuie moins longtemps.

Par exemple, *a* est long dans *pâte* pour faire du pain, et bref dans *glace.*

e est long dans *tempête*, et bref dans *trompette.*

o est long dans *apôtre*, et bref dans *dévote.*

u est long dans *flûte*, et bref dans *buffet.*

8. — Pour marquer les différentes sortes d'*e* et les voyelles longues, on emploie trois petits signes que l'on appelle *accents*, savoir :

L'accent *aigu* (´) qui se met sur les *é* fermés : *bonté, café.*

L'accent *grave* (`) qui se met sur les *è* ouverts : *accès*, et quelquefois sur l'*a* et sur l'*u* : *à, où.*

L'accent *circonflexe* (ˆ) qui se met sur la plupart des voyelles longues : *apôtre*, et sur quelques *é* ouverts : *tête.*

9. — Le *tréma*, formé de deux points (¨), est un signe que l'on met sur les voyelles *e, i, u*, pour indiquer qu'il faut les prononcer séparément de la voyelle qui précède : comme *poëte, haïr, Saül*, qui se prononcent *po-è-te, ha-ir, Sa-ul.*

10. — L'*apostrophe* (') est un signe qui indique le retranchement d'une des trois voyelles *a, e, i*; exemples : *l'abeille*, pour *la abeille; l'enfant*, pour *le enfant: s'il vient;* pour *si il vient.*

11. — La *cédille* est une petite figure que l'on met sous le *ç* pour avertir que l'on doit le prononcer comme une *s* devant *a, o, u*, exemples : *façade, soupçon, reçu.*

12. — Le *trait d'union* (-) se met entre deux mots tellement joints ensemble qu'ils n'en font plus qu'un : *chef-d'œuvre, courte-pointe, avant-coureur.*

13. — Il y a dans la langue française dix espèces de mots, que l'on appelle les *parties du discours*, savoir : le *nom* ou *substantif*, l'*article*, l'*adjectif*, le *pronom*, le *verbe*, le *participe*, l'*adverbe*, la *préposition*, la *conjonction* et l'*interjection*.

Les mots sont *variables* ou *invariables*.

Les mots *variables*, c'est-à-dire ceux dont la terminaison peut changer, sont le *nom*, l'*article*, l'*adjectif*, le *pronom*, le *verbe* et le *participe*.

Les mots *invariables*, c'est-à-dire ceux dont la terminaison ne change point, sont l'*adverbe*, la *préposition*, la *conjonction* et l'*interjection*.

CHAPITRE PREMIER.

LE NOM OU SUBSTANTIF.

Nom commun, nom propre, nom collectif.

14. — Le *nom* ou *substantif* est un mot qui sert à *nommer* un être, c'est-à-dire une personne, un animal ou une chose, comme *Paul, Henri, cheval, maison.*

Il y a deux sortes de noms : le nom *commun* et le nom *propre.*

15. — Le nom *commun* est celui qui convient à toutes les personnes, à toutes les choses semblables ou de la même espèce ; exemples : *homme, cheval, maison.*

Homme est un nom commun, car ce nom convient à Paul, à Henri, à tous les humains ; *cheval* est un nom commun, car il sert à nommer tous les animaux de cette espèce ; *maison* est un nom commun, puisque ce mot sert à désigner toute habitation semblable à une maison.

16. — Le nom *propre* est le nom particulier d'une personne ou d'une chose, comme *Louis, Adam, Paris, la Seine.*

Le nom *propre* peut convenir à une ou plusieurs personnes, mais non à toutes les personnes ; à une ou plusieurs choses, mais non à toutes les choses semblables. Plusieurs personnes peuvent s'appeler *Louis*, mais *Louis* n'est pas le nom de tout le monde ; ce nom est donc un nom particulier ou nom propre. *Paris* est aussi un nom propre, car toutes les villes ne s'appellent point Paris.

Remarque. La première lettre d'un nom propre doit toujours être une majuscule ou grande lettre.

17. — Il y a des noms communs appelés *collectifs*, parce qu'ils expriment une *collection*, c'est-à-dire une réunion de personnes, ou de choses, comme *la foule, une troupe, une multitude.*

Genre et nombre. Règle de la formation du pluriel dans les noms.

18. — Dans les noms il faut considérer le *genre* et le *nombre.*

Il y a en français deux genres, le *masculin* et le *féminin.* Les noms d'hommes ou de mâles sont du genre masculin, comme *le père, un lion ;* les noms de femmes ou de femelles sont du genre féminin, comme *la mère, une lionne.*

Ainsi le *genre* est la distinction des êtres mâles et des êtres femelles.

On a aussi donné, par imitation, le genre masculin ou le genre féminin à des choses qui ne sont ni mâles ni femelles, comme *un livre, une table, le soleil, la lune.*

Remarque. On reconnaît qu'un nom commun est du genre masculin quand on peut mettre *le* ou *un* devant ce nom : *le père, le soleil, un livre ;* on reconnaît qu'il est du féminin quand on peut mettre *la* ou *une* : *la table, une lionne.*

19. — Dans les noms il y a deux nombres, le *singulier* et le *pluriel* : le singulier, quand on parle d'une seule personne ou d'une seule chose, comme *un homme, un livre ;* le pluriel, quand on parle de plusieurs personnes ou de plusieurs choses, comme *les hommes, deux livres.*

Ainsi, le *nombre* indique si l'on parle d'une ou de plusieurs personnes, d'une ou de plusieurs choses.

RÈGLE GÉNÉRALE DE LA FORMATION DU PLURIEL DANS LES NOMS.

20. — Pour former le pluriel on ajoute une s à la fin du nom. Exemples : le *père*, les *pères* ; la *mère*, les *mères* ; l'*enfant*, les *enfants* ; la *table*, les *tables*.

Remarques sur le pluriel de quelques noms.

21. — 1° Les noms terminés au singulier par *s, x, z,* s'écrivent au pluriel comme au singulier : le *fils*, les *fils* ; la *voix*, les *voix* ; le *nez*, les *nez*.

2° Les noms terminés au singulier par *au, eau, eu,* prennent un *x* au pluriel : le *tuyau*, les *tuyaux* ; le *bateau*, les *bateaux* ; le *feu*, les *feux*.

3° Les noms *bijou, caillou, chou, genou, hibou, joujou,* prennent aussi un *x* au pluriel : *bijoux, cailloux, choux, genoux, hiboux, joujoux*. Les autres noms en *ou* suivent la règle générale, c'est-à-dire prennent une *s* au pluriel : un *sou*, des *sous* ; un *verrou*, des *verrous*.

4° Les noms en *al* changent au pluriel *al* en *aux* : le *mal*, les *maux ;* le *cheval*, les *chevaux*. Excepté *bal, carnaval, chacal, régal,* qui font au pluriel *bals, carnavals, chacals, régals.*

5° Les noms *ail, bail, corail, émail, soupirail, travail,* font au pluriel *aulx, baux, coraux, émaux, soupiraux, travaux*. Les autres noms en *ail* suivent la règle générale : un

1.

portail, des *portails ;* un *gouvernail,* des *gouvernails,* etc.
6° *Aïeul, ciel, œil,* font au pluriel *aïeux, cieux, yeux.*

CHAPITRE II.

L'ARTICLE.

22. — L'*article* est un petit mot que l'on met ordinairement devant les noms communs, et qui en prend le genre et le nombre (1).

Nous n'avons en français qu'un article **le, la,** au singulier ; **les,** au pluriel.

Le se met devant un nom masculin singulier : *le père, le livre ; la* se met devant un nom féminin singulier : *la mère, la table ; les* se met devant tous les noms pluriels, soit masculins, soit féminins : *les pères, les livres ; les mères, les tables.*

23. — Il y a deux remarques à faire sur l'article.

PREMIÈRE REMARQUE. Devant un mot commençant par une voyelle ou une *h* muette, on retranche *e* de l'article *le,* ou bien *a* de l'article *la,* et on les remplace par une apostrophe. Ainsi l'on dit *l'argent,* pour *le argent, l'histoire,* pour *la histoire, l'épée,* pour *la épée.*

Cette suppression d'une lettre que l'on remplace par l'apostrophe s'appelle *élision.*

DEUXIÈME REMARQUE. Devant un nom masculin singulier qui commence par une consonne ou une *h* aspirée, on dit *du*

---

(1) La fonction de l'article est d'annoncer que le nom auquel il est joint est pris dans un sens déterminé, particulier, et non dans un sens général. Ainsi quand je dis : J'ai acheté *une maison,* il s'agit de telle ou telle maison en général, le sens du mot *maison* n'est pas déterminé ; mais si je dis : J'ai acheté *la maison* que vous habitez, l'article *la* annonce que le mot *maison* est pris dans un sens déterminé ; je parle de la *maison* que vous habitez, de celle-là et non pas d'une autre.

La définition complète de l'article serait donc : « L'article est un petit mot » que l'on met ordinairement devant les noms communs pour annoncer qu'ils » sont employés dans un sens déterminé, et qui en prend le genre et le nombre. » Cette définition nous paraissant un peu trop métaphysique pour des enfants, nous avons cru devoir nous en tenir à celle de Lhomond.

Nous ferons remarquer que l'article précède quelquefois les noms propres : Ex. : *le Tasse, les Pyrénées,* etc. ; mais, comme l'a fort bien dit Dumarsais, on sous-entend alors un nom commun : *Le poëte Tasse, les monts Pyrénées.*

pour *de le, au* pour *à le : du père* pour *de le père, au héros* pour *à le héros.*

Au pluriel on dit toujours *des* pour *de les*, *aux* pour *à les*, devant tout substantif masculin ou féminin : *des pères, des mères ; aux arbres, aux étoiles.*

Cette réunion en un seul mot de l'article *le*, *les* avec *de* et *à* s'appelle *contraction*, et l'on dit que les mots *du, des, au, aux* sont des articles contractés.

La contraction de l'article féminin *la* n'a jamais lieu ; on dit toujours *de la, à la : de la mère, à la mère ; de l'étoile, à l'étoile.*

CHAPITRE III.

L'ADJECTIF.

Différentes sortes d'adjectifs. Formation du féminin dans les adjectifs.

24. — L'*adjectif* est un mot que l'on ajoute au nom pour exprimer la qualité d'une personne ou d'une chose, c'est-à-dire pour marquer comment est cette personne ou cette chose. Exemples : *papier* **blanc**, **bon** *père*, **belle** *image*.

Quand on dit *papier* **blanc**, le mot *blanc* fait connaître comment est le papier ; *blanc* est un adjectif. De même dans **bon** *père*, **belle** *image*, le mot **bon** dit comment est le père, le mot **belle** comment est l'image ; ces mots *bon*, *belle*, sont des adjectifs.

On connaît qu'un mot est adjectif, quand on peut y joindre le mot *personne* ou le mot *chose*. Ainsi *sage*, *agréable* sont des adjectifs, car on peut dire *personne sage, chose agréable.*

REMARQUE. Certains noms sont employés comme adjectifs quand ils expriment une qualité, un état, une manière d'être. Exemple : *Alexandre-le-Grand était* **roi** *de Macédoine* (*roi* est ici employé comme adjectif).

Au contraire, un adjectif peut être employé comme nom ; le véritable nom est alors sous-entendu. Exemple : *Le* **sage** *obéit à Dieu* (c'est-à-dire l'*homme sage*).

25. — On distingue trois sortes d'adjectifs : les adjectifs

qualificatifs, les adjectifs *déterminatifs* et les adjectifs *indéfinis* (1).

Les adjectifs *qualificatifs* expriment simplement la qualité, comme le **beau** *livre*.

Les adjectifs *déterminatifs* déterminent le sens du nom, c'est-à-dire lui donnent une signification fixe, précise; exemples : **mon** *livre*, **cette** *maison*.

Qand je dis **mon** livre, il s'agit du livre qui m'appartient et non de tout autre livre ; le mot *mon*, qui fait connaître de quel livre je parle, est un adjectif déterminatif.

Les adjectifs *indéfinis* sont ceux qui ajoutent au nom une idée générale, vague, indéterminée : par exemple, lorsqu'on dit : **plusieurs** *accidents sont arrivés*, **certaines** *choses me plaisent,* on désigne les accidents, les choses d'une manière vague, sans les faire connaître.

26. — Les adjectifs prennent les deux genres, *masculin* et *féminin*. Cette différence de genres se marque ordinairement par la dernière lettre.

Règle générale. Quand un adjectif ne finit point au masculin par un *e* muet, on y ajoute un *e* muet pour former le féminin : *prudent, prudent*e; *saint, saint*e; *méchant, méchant*e; *petit, petit*e ; *grand, grand*e; *poli, poli*e ; *vraie, vrai*e, etc.

Exceptions à la règle de la formation du féminin dans les adjectifs.

27. — I. Les adjectifs terminés par *el, eil, en, on, et,* comme *cruel, pareil, ancien, bon, net,* doublent au féminin leur dernière consonne avant l'*e* muet.

cruel,	*féminin*	cruelle	bon,	*féminin*	bonne
pareil	—	pareille	net	—	nette
ancien	—	ancienne	muet	—	muette

Cependant, par exception, les adjectifs suivants ne doublent pas le *t* au féminin; mais ils prennent un accent grave sur l'è qui précède le *t*.

---

(1) Nous ne faisons pas rentrer, comme le font quelques grammairiens, les adjectifs *indéfinis* dans la classe des adjectifs *déterminatifs,* parce qu'il y a contradiction dans la signification de ces deux mots; en effet, *indéfini* signifie *vague, non déterminé.*

complet, *féminin* complète	inquiet, *féminin* inquiète
concret — concrète	replet — replète
discret — discrète	secret — secrète

II. Les adjectifs *bas, gros, gras, las, gentil, sot, épais, nul,* et le nom *paysan*, doublent aussi leur dernière consonne : *basse, grosse, grasse, lasse, gentille, sotte, épaisse, nulle, paysanne.*

III. Les adjectifs *beau, nouveau, fou, mou, vieux*, font au féminin, *belle, nouvelle, folle, molle, vieille ;* parce qu'au masculin on dit aussi *bel, nouvel, fol, mol, vieil*, devant un mot qui commence par une voyelle ou une *h* muette : **fol** *orgueil*, **vieil** *homme*.

IV. Les adjectifs terminés par *f*, comme *bref, naïf*, changent *f* en *ve : brève, naïve.*

V. Les adjectifs terminés en *x* changent l'*x* en *se : dangereux, dangereuse ; honteux, honteuse ; jaloux, jalouse;* etc. Cependant *doux, faux, roux*, font *douce, fausse, rousse.*

VI. 1° Les adjectifs en *eur* ou en *teur* qui dérivent d'un participe présent, tels que *parleur* de *parlant*, *trompeur* de *trompant*, *menteur* de *mentant*, font leur féminin en *euse : parleur, parleuse ; trompeur, trompeuse ; menteur, menteuse.*

Cependant *pécheur* (qui commet des péchés) fait *pécheresse*, *enchanteur* fait *enchanteresse ; vengeur, vengeresse.*

2° Les adjectifs en *teur* qui ne dérivent pas d'un participe présent font leur féminin en *trice : accusateur, accusatrice ; bienfaiteur, bienfaitrice.*

PREMIÈRE REMARQUE. Un petit nombre d'adjectifs en *teur*, quoique dérivant d'un participe présent, font aussi leur féminin en *trice : exécuteur, exécutrice; inspecteur, inspectrice; inventeur, inventrice ; persécuteur, persécutrice. Débiteur* fait *débitrice.*

DEUXIÈME REMARQUE. Les adjectifs *meilleur, majeur, mineur*, et ceux qui sont terminés au masculin en *érieur*, comme *antérieur, supérieur*, suivent la règle générale : *meilleure, majeure, mineure, antérieure, supérieure.*

VII. *Blanc, franc, sec, frais,* font au féminin *blanche, franche, sèche, fraîche.*

Turc, public, caduc, font *turque, publique, caduque; grec* fait *grecque.*

Malin, bénin, font *maligne, bénigne. Long* fait *longue ; favori, favorite.*

Règle de la formation du pluriel. Exceptions.

28. — Règle générale. Le pluriel dans les adjectifs se forme, comme dans les noms, en ajoutant une *s* à la fin : *bon, bonne,* au pluriel *bons, bonnes,* etc.

Remarque. Les adjectifs et les noms en *ent* ou en *ant* conservent le *t* au pluriel : *un enfant* **négligent,** *des enfants* **négligents;** *un maître* **savant,** *des maîtres* **savants.**

29. — Exceptions. I. Les adjectifs terminés au singulier par *s* ou *x* s'écrivent au pluriel masculin comme au singulier : *un mur* **épais**; *des murs* **épais,** *un fruit* **doux,** *des fruits* **doux.**

II. Les adjectifs en *eau,* tels que *beau, nouveau,* font leur pluriel masculin en ajoutant un *x : beaux, nouveaux.*

III. La plupart des adjectifs en *al* font leur pluriel masculin en *aux : moral, moraux; égal, égaux.* Ceux qui sont peu usités au pluriel masculin forment ce pluriel en ajoutant une *s* au singulier : *fatals, glacials, filials, initials, finals, frugals* (1).

Accord des adjectifs avec les substantifs. Place des adjectifs.

30. — Règle générale. L'adjectif se met au même genre et au même nombre que le nom auquel il se rapporte.

Exemples : *Le* **bon** *père, la* **bonne** *mère ; bon* est au masculin et au singulier, parce que *père* est du masculin et au singulier; *bonne* est au féminin et au singulier, parce que *mère* est du féminin et au singulier.

De **beaux** *jardins, de* **belles** *fleurs; beaux* est au masculin et au pluriel, parce que *jardins* est du masculin et au pluriel, etc.

---

(1) C'est l'opinion de l'immense majorité des grammairiens.

31. — Remarques. I. Quand un adjectif se rapporte à deux noms du singulier, on met cet adjectif au pluriel, parce que deux singuliers valent un pluriel. Exemple : *le roi et le berger sont* **égaux** *après la mort* (et non pas *sont égal*).

II. Si les deux noms sont de différents genres, on met l'adjectif au pluriel masculin. Exemple : *mon père et ma mère sont* **contents** (et non pas *sont contentes*).

32. — Les adjectifs se mettent avant le nom, comme **beau** *jardin,* **grand** *arbre*, etc. ; ou après le nom, comme *habit* **rouge**, *table* **ronde**, etc. L'usage est le seul guide à cet égard.

Il faut remarquer cependant que le sens du nom est quelquefois différent, suivant que l'adjectif est mis devant ou après. *Un homme grand* est un homme d'une haute taille, *un grand homme* est un homme d'un grand génie ; *un brave homme* se dit d'un homme honnête et bon, *un homme brave* se dit d'un homme courageux.

Degrés de signification dans les adjectifs.

33. — On distingue trois degrés de signification dans les adjectifs : le *positif*, le *comparatif* et le *superlatif*.

Le *positif* n'est autre chose que l'adjectif même, comme *beau, belle, agréable.*

34. — Le *comparatif* exprime la comparaison. Quand on compare deux choses, on trouve qu'elles sont égales, ou bien que l'une est supérieure ou inférieure à l'autre. De là trois sortes de comparatifs : d'égalité, de supériorité et d'infériorité.

Pour marquer un comparatif d'*égalité*, on met *aussi* devant l'adjectif, comme *la rose est* **aussi** *belle que la tulipe.*

Pour marquer un comparatif de *supériorité*, on met *plus* devant l'adjectif, comme *la rose est* **plus belle** *que la violette.*

Pour marquer un comparatif d'*infériorité*, on met *moins* devant l'adjectif, comme *la violette est* **moins belle** *que la rose.*

Nous avons en français trois adjectifs qui expriment seuls une comparaison : *meilleur*, au lieu de *plus bon*, qui ne se dit pas ; *moindre*, qui signifie *plus petit* ; *pire*, qui signifie *plus*

mauvais. Exemples : *la vertu est* **meilleure** *que la science ;*
le mensonge est **pire** *que l'indocilité.*

35. — Le *superlatif* exprime la qualité dans un très-haut
degré ou dans le plus haut degré possible, comme quand on
dit : *la rose est une* **très-belle** *fleur ; Paris est une ville* **fort·**
grande ; *cet enfant sait toujours bien sa leçon, même quand*
elle est **le plus difficile** (c'est-à-dire *difficile au plus haut*
point, le plus qu'il est possible).

Adjectifs déterminatifs.

36. — On distingue trois sortes d'adjectifs déterminatifs :
les adjectifs *numéraux* ou *de nombre,* les adjectifs *démon-*
stratifs et les adjectifs *possessifs.*

1° *Adjectifs numéraux.*

37. — Les adjectifs *numéraux* expriment le nombre, et
l'ordre ou le rang.

Il y en a de deux sortes : les adjectifs numéraux *cardinaux,*
et les adjectifs numéraux *ordinaux.*

Les adjectifs numéraux *cardinaux* sont ceux qui expriment
le nombre ou la quantité ; comme *un, deux, trois, quatre,*
cinq, dix, vingt, trente, cent, mille, etc. Exemples : **trois**
chevaux, **vingt** *maisons.*

Les adjectifs numéraux *ordinaux* marquent l'ordre, le rang ;
comme *premier, second, deuxième, troisième, quatrième,*
cinquième, dixième, centième, dernier, etc. Exemples :
le **troisième** *cheval du* **premier** *rang ; la* **vingtième** *maison*
de la rue.

2° *Adjectifs démonstratifs.*

38. — Les adjectifs *démonstratifs* sont ceux qui servent à
montrer l'objet dont on parle ; comme quand je dis : **ce** *livre,*
cette *table,* je montre le livre, la table dont je veux parler.
Les adjectifs démonstratifs sont :

Ce, cet pour le masculin singulier : ce *livre,* cet *homme.*

Cette pour le féminin singulier : cette *table.*

Ces pour le pluriel des deux genres : ces *livres,* ces *tables.*

Remarque. Au masculin singulier, on met *ce* devant les

mots qui commencent par une consonne ou une *h* aspirée : *ce village, ce hameau;* on met *cet* devant une voyelle ou une *h* muette : *cet oiseau, cet homme.*

3° *Adjectifs possessifs.*

39. — Les adjectifs *possessifs* sont ceux qui servent à marquer la possession de l'objet dont on parle, comme **mon** *livre*, **votre** *enfant*, **son** *chapeau;* c'est-à-dire le livre *qui est à moi*, l'enfant *qui est à vous*, le chapeau *qui est à lui*. Ce sont :

Masculin singulier.	Féminin singulier.	Pluriel des deux genres.
mon	*ma*	*mes*
ton	*ta*	*tes*
son	*sa*	*ses*
notre	*notre*	*nos*
votre	*votre*	*vos*
leur	*leur*	*leurs*

40. — REMARQUES. I. *Mon, ton, son* s'emploient au féminin devant un mot qui commence par une voyelle ou une *h* muette : on dit **mon** *âme* pour **ma** *âme* ; **ton** *humeur,* pour **ta** *humeur* ; **son** *épée*, pour **sa** *épée.*

II. Il ne faut pas confondre *leur*, adjectif possessif, avec *leur*, pronom personnel. L'adjectif possessif *leur* est toujours suivi d'un nom ou d'un adjectif : **leur** *maison*, **leur** *beau pays.*

Adjectifs indéfinis.

41. — Les adjectifs *indéfinis* indiquent que les noms auxquels ils se rapportent sont pris d'une manière vague, générale, non déterminée. Ce sont :

Chaque, plusieurs, aucun, nul, pas un, même, quel (1), *autre, maint, tout, certain, quelque, quelconque, tel.*

42. — REMARQUES. I. L'adjectif indéfini *tout* fait au pluriel masculin *tous.*

II. Le mot *certain* n'est adjectif indéfini que quand il a le même sens à peu près que *un, quelque*, comme dans *certain auteur, certains auteurs* ; mais lorsqu'il signifie *sûr, assuré*, comme dans *j'en suis certain*, il est adjectif qualificatif.

---

(1) L'adjectif *quel*, indéfini de sa nature (*je ne sais pas quelle heure il est*) est souvent employé interrogativement ; exemple : *quelle heure est-il ?* Mais dans ce cas même, il est encore adjectif indéfini.

CHAPITRE IV.

LE PRONOM.

Pronom. Personnes. Différentes sortes de pronoms.

43. — Le *pronom* est un mot qui tient la place du nom, et qui indique le rôle ou *personne* que ce nom joue dans le discours.

Il y a trois *personnes* ou *rôles :* la première personne est celle qui parle : **je** *lis ;* la deuxième personne est celle à qui l'on parle : **tu** *lis ;* la troisième personne est celle de qui l'on parle : **Paul** *lit bien, mais* **il** *écrit mal*.

Il y a cinq sortes de pronoms : les pronoms *personnels,* les pronoms *démonstratifs,* les pronoms *possessifs,* les pronoms *relatifs* ou *conjonctifs,* et les pronoms *indéfinis.*

1° Pronoms personnels.

44. — Les pronoms personnels sont ceux qui n'ont d'autre fonction que d'indiquer les trois personnes. Ce sont :

Pronoms de la *première personne :*

Je, me, moi, pour le singulier } des deux genres.
Nous, pour le pluriel

Pronoms de la *deuxième personne :*

Tu, te, toi, pour le singulier } des deux genres.
Vous, pour le pluriel

Pronoms de la *troisième personne :*

SINGULIER		PLURIEL	
masculin.	féminin.	masculin.	féminin.
il,	*elle,*	*ils, eux,*	*elles,*
le,	*la,*	*les,* pour les deux genres.	

lui, pour le singulier } des deux genres.
leur, pour le pluriel

se, soi, en, y, des deux genres et des deux nombres.

45. — REMARQUES. I. A la seconde personne, au lieu du singulier *tu,* on dit par politesse *vôus ;* par exemple : *Monsieur,* **vous** *êtes bien bon.*

II. Les mots *le, la, les, leur,* sont pronoms quand ils signifient *lui, elle, eux, elles, à eux, à elles ;* comme *je* **le** *connais* (je connais *lui*), *je* **la** *connais* (je connais *elle*), *je* **les** *connais* (je connais *eux, elles*) ; *je **leur** parle* (je parle *à eux, à elles*) ; donnez-**leur** (donnez *à eux, à elles*).

Ils sont alors placés immédiatement avant un verbe ou après un verbe auquel ils sont joints par un trait d'union.

III. Le mot *leur*, quand il est pronom, ne prend jamais une *s* : *je **leur** écris*.

IV. Le mot *en* n'est pronom que quand il est mis pour *de lui, d'elle, d'eux, d'elles, de cela*. Exemple : *C'est un véritable ami, j'**en** ai reçu un grand service* (Acad.), c'est-à-dire *j'ai reçu* de lui, etc.

V. Le mot *y* n'est pronom que lorsqu'il est mis pour *à cette chose, à ces choses, à cela*; comme quand on dit : *Je m'**Y** applique*, c'est-à-dire, *je m'applique* à cette chose, à cela.

VI. Quelquefois le pronom *il* ne peut pas être remplacé par un nom ; exemples : **il** *pleut* ; **il** *faut aimer Dieu*. On dit alors qu'il est *impersonnel*.

46. — RÈGLE DES PRONOMS PERSONNELS. Les pronoms *il, elle, ils, elles*, doivent toujours être du même genre et du même nombre que le nom dont ils tiennent la place. Ainsi, en parlant de la tête, dites : **elle** *me fait mal* ; *elle* parce que ce pronom tient la place de *tête*, qui est du féminin et au singulier ; et en parlant de plusieurs jardins, dites : **ils** *sont beaux* ; *ils* parce que ce pronom se rapporte à *jardins*, qui est du masculin et au pluriel.

2° Pronoms démonstratifs.

47. — Les pronoms *démonstratifs* sont ceux au moyen desquels on désigne, en les montrant, les personnes ou les choses dont on veut parler, comme quand on dit : *Prenez votre livre*, **celui-ci** *est à moi ; celui-ci*, c'est-à-dire le livre que je montre.

Ces pronoms sont :

SINGULIER		PLURIEL	
masculin.	féminin.	masculin.	féminin.
ce.			
ceci, cela.			
celui,	*celle.*	*ceux,*	*celles.*
celui-ci,	*celle-ci.*	*ceux-ci,*	*celles-ci.*
celui-là,	*celle-là.*	*ceux-là,*	*celles-là.*

48. — REMARQUES. I. Le mot *ce* n'est pronom que 1° devant ou après le verbe *être* : *c'est moi, est-ce moi?* 2° devant les pronoms *qui, que, quoi, dont* : **ce** *qui me fâche,* **ce** *que je dis,* **ce** *dont vous parlez.*

S'il est suivi d'un nom ou d'un adjectif, il est adjectif démonstratif : **ce** *jardin,* **ce** *beau jardin m'appartient.*

II. *Celui-ci, celle-ci,* s'emploient pour désigner des personnes ou des choses qui sont proches ; *celui-là, celle-là,* pour désigner des personnes ou des choses plus éloignées.

3° Pronoms possessifs.

49. — Les pronoms *possessifs* expriment la possession ; ils tiennent la place d'un nom et d'un adjectif possessif, comme quand je dis : *Voilà votre canif et voici* **le mien,** *c'est-à-dire, voici mon canif.*

Les pronoms possessifs sont :

SINGULIER		PLURIEL	
masculin.	féminin.	masculin.	féminin.
le mien,	*la mienne.*	*les miens,*	*les miennes.*
le tien,	*la tienne.*	*les tiens,*	*les tiennes.*
le sien,	*la sienne.*	*les siens,*	*les siennes.*
le nôtre,	*la nôtre.*	des deux genres.	
le vôtre,	*la vôtre.*	*les nôtres.*	
le leur,	*la leur.*	*les vôtres.*	
		les leurs.	

50. — REMARQUE. — Les pronoms possessifs *le nôtre, la nôtre, le vôtre, la vôtre,* etc., s'écrivent avec un accent circonflexe sur l'*o* et ne se joignent jamais au nom; les adjectifs possessifs *notre, votre,* s'écrivent sans accent et précèdent toujours le nom. Exemple : **notre** *maison est plus grande que* **la vôtre.**

4° Pronoms relatifs ou conjonctifs.

51. — Les pronoms *relatifs* ou *conjonctifs* servent à joindre la phrase qui les suit au nom ou au pronom auquel ils se rapportent et dont ils tiennent la place ; exemple : *Dieu,* **qui** *sait tout, connaît vos plus secrètes pensées.*

52. — Le mot auquel le pronom conjonctif se rapporte s'appelle *antécédent,* parce que ce mot précède le pronom. Dans

l'exemple ci-dessus, *Dieu* est l'antécédent du pronom conjonctif *qui*. De même dans : *C'est vous* **dont** *je parle,* le pronom *vous* est l'antécédent du pronom conjonctif *dont.*

53. — Voici tous les pronoms conjonctifs :

qui, que, quoi, } des deux genres et des deux nombres.
dont ou *de qui,*

SINGULIER		PLURIEL	
masculin.	féminin.	masculin.	féminin.
lequel,	*laquelle.*	*lesquels,*	*lesquelles.*
duquel,	*de laquelle.*	*desquels,*	*desquelles.*
auquel,	*à laquelle.*	*auxquels,*	*auxquelles.*

REMARQUE. Il ne faut pas confondre le pronom conjonctif *que* avec l'adverbe *que* et la conjonction *que.* Le mot *que* est pronom conjonctif quand il peut se remplacer par *lequel, laquelle, lesquels, lesquelles,* comme dans : *Voici le livre* **que** *tu m'as demandé :* c'est-à-dire, lequel *livre tu m'as demandé ;* ou bien lorsqu'il est après un autre pronom, comme : *Ce* **que** *vous dites* (la chose que vous dites) ; *c'est vous* **que** *j'appelle.*

Mais si *que* signifie *combien,* comme dans : **que** *de belles fleurs !* c'est-à-dire, *combien de belles fleurs !* alors il est adverbe.

Enfin, si le mot *que* ne peut se remplacer ni par *lequel, laquelle,* ni par *combien,* il est conjonction. Exemple : *Je crois* **que** *vous riez ;* on ne pourrait pas dire : *Je crois combien vous riez,* ni *je crois lequel vous riez.*

54. RÈGLE DU PRONOM CONJONCTIF. Le pronom conjonctif est du même genre, du même nombre et de la même personne que son antécédent. Ainsi, dans cet exemple : *L'enfant* **qui** *travaille bien mérite une récompense,* qui est du singulier et de la troisième personne, parce que son antécédent *enfant* est du singulier et de la troisième personne; il est du masculin, si c'est un petit garçon qui travaille, il est du féminin, si c'est une petite fille.

55. — **Qui, que** *interrogatifs.* Les pronoms conjonctifs *qui, que,* sont quelquefois interrogatifs, comme quand on dit : **qui** *a fait cela?* **que** *vous dirai-je ?*

Qui ou *que* est interrogatif quand il n'a point d'antécédent et qu'on peut le remplacer par *quelle personne* ou *quelle chose?* Dans les deux exemples ci-dessus on peut dire : *Quelle personne a fait cela? quelle chose vous dirai-je?*

5° Pronoms indéfinis.

56. — Les pronoms *indéfinis* indiquent les personnes et les choses d'une manière vague ou générale.

Ces pronoms sont :

> *On, personne, certains, rien, quiconque, chacun,*
> *l'un, l'autre, l'un et l'autre, autrui, plusieurs, quelqu'un.*

57. — REMARQUES. I. Le mot *personne* est pronom lorsqu'il signifie *aucune personne* ; exemple : **personne** *ne s'en doutait.* Mais s'il est précédé d'un article ou d'un adjectif déterminatif, il est nom ; exemple : *la* **personne**, *cette* **personne** *que je vois.*

II. Le mot *rien* n'est pronom que quand il signifie *aucune chose*, comme dans : *je n'ai rien dit ;* s'il est accompagné d'un article ou d'un adjectif déterminatif, il est nom. Exemple : **un rien** *l'effraie.*

III. Les mots *certains, plusieurs,* ne sont pronoms que lorsqu'ils sont employés sans être joints à un nom, comme : **certains** *l'ont dit,* **plusieurs** *l'affirment ;* autrement ils sont adjectifs indéfinis, comme dans *certains auteurs, plusieurs cerises.*

IV. Les adjectifs indéfinis, *nul, tel, aucun, tout,* sont employés comme pronoms indéfinis, lorsqu'ils ne sont pas joints à un nom. Exemple : **nul** *ne le croit.*

CHAPITRE V.

LE VERBE.

Verbe. Personnes et nombres du verbe.

58. — VERBE. Le *verbe* est le mot par lequel on affirme que l'on est, ou que l'on fait quelque chose.

Ainsi quand je dis : *Paul* **est** *malade,* le mot *est* est un verbe, parce qu'il affirme que Paul est dans l'état exprimé par l'adjectil *malade.* De même, si je dis : *Pierre* **joue,** le mot *joue* est un verbe, parce qu'il affirme que Pierre fait l'action de jouer.

59. — On reconnaît en français qu'un mot est un *verbe* quand on peut y ajouter les pronoms *je, tu, il, nous, vous, ils,* comme : *je lis, tu lis, il lit, nous lisons, vous lisez, ils lisent.*

60. — Le verbe *être,* est le verbe *essentiel,* le verbe proprement dit (1). Tous les autres verbes sont formés du verbe *être* et d'un adjectif, et on les appelle *verbes attributifs.* Ainsi *jouer, finir, lire,* sont des *verbes attributifs,* parce qu'ils sont mis pour *être jouant, être finissant, être lisant.*

61. — Le verbe *être* et le verbe *avoir* sont appelés verbes *auxiliaires,* lorsqu'ils aident à conjuguer les autres verbes.

62. — PERSONNES. Il y a trois personnes dans les verbes.

La première personne prend le pronom *je* au singulier, et le pronom *nous* au pluriel : **je** *lis,* **nous** *lisons.*

La seconde personne prend le pronom *tu* au singulier, et le pronom *vous* au pluriel : **tu** *lis,* **vous** *lisez.*

La troisième personne prend les pronoms *il, elle,* ou un nom au singulier, et *ils, elles,* ou un nom au pluriel : **il** *lit,* **elle** *lit,* **Pierre** *lit ;* **ils** ou **elles** *lisent,* les **enfants** *lisent.*

63. — NOMBRES. Il y a dans les verbes deux nombres : le *singulier,* quand il s'agit d'une seule personne ou d'une seule chose, comme *je lis, l'enfant dort;* le *pluriel,* quand il s'agit de plusieurs personnes ou de plusieurs choses, comme *nous lisons, les enfants dorment, les fruits mûrissent.*

Temps du verbe. — Temps simples et temps composés.

64. — TEMPS. Le *temps* est la forme particulière que prend la terminaison du verbe pour marquer l'époque à laquelle se rapporte l'action ou l'état dont on parle.

---

(1) Nous appellerons le verbe *être* verbe *essentiel* et non *verbe substantif.* La dénomination *verbe essentiel,* c'est-à-dire verbe par essence, verbe principal, nous paraît exprimer la nature du verbe *être* beaucoup mieux et plus clairement que ne le fait celle de *verbe substantif,* dont le moindre défaut est d'être formée de deux mots qui, en grammaire, ont deux significations différentes.

Il y a trois temps : le *présent*, qui marque que la chose est ou se fait au moment où l'on parle, comme *je lis;* le *passé*, qui marque que la chose a été faite, comme *j'ai lu;* le *futur*, qui marque que la chose sera ou se fera, comme *je lirai.*

65. — On distingue cinq sortes de passés : l'*imparfait*, le *passé défini*, le *passé indéfini*, le *passé antérieur* et le *plus-que-parfait.*

On distingue aussi deux futurs : le *futur simple* et le *futur antérieur.*

66. — L'*imparfait* ou *passé simultané* (1) sert à exprimer que la chose était ou se faisait en même temps qu'une autre : *il* **écrivait** lorsque *j'entrai.*

67. — Le *passé défini* sert à dire que la chose fut ou se fit dans un temps complétement passé et indiqué d'une manière précise : *j'***écrivis** *hier pendant toute la matinée.*

68. — Le *passé indéfini* sert à dire que la chose a été faite dans un temps passé et indiqué d'une manière précise ou non précise : *j'***ai écrit** *ce matin; il* **a récité** *sa leçon.*

69. — Le *passé antérieur* (2) sert à dire que la chose fut faite immédiatement avant une autre qui est également passée : *dès que j'***eus écrit** *mon devoir, je sortis.*

70. — Le *plus-que-parfait* ou second *passé antérieur* sert aussi à exprimer que la chose fut faite avant une autre, mais pas immédiatement : *j'***avais écrit** *mon devoir depuis longtemps, lorsque tu arrivas.*

71. — Le *futur simple* indique simplement que la chose sera ou se fera : *j'***écrirai** *demain.*

72. — Le *futur antérieur*, que la chose sera ou se fera avant une autre: *dès que j'***aurai écrit** *mon devoir, j'étudierai ma leçon.*

73. — TEMPS SIMPLES ET TEMPS COMPOSÉS. On appelle *temps simples* les temps qui ne prennent point l'auxiliaire *être* ou l'auxiliaire *avoir;* exemple : *je lis, tu reçois, il chantera.*

---

(1) *Simultané* signifie qui a lieu en même temps qu'une autre chose.
(2) *Antérieur* signifie qui vient avant, qui précède.

74. — On appelle *temps composés* ceux qui prennent l'auxiliaire *être* ou l'auxiliaire *avoir,* comme *je suis venu, il a fini.*

Modes.

75. — Le *mode* est la manière dont le verbe présente l'action ou l'état qu'il exprime.

Les différents modes sont indiqués par les formes différentes du verbe.

76. — Il y a cinq modes en français : l'*indicatif,* le *conditionnel,* l'*impératif,* le *subjonctif* et l'*infinitif* (1).

1° Le verbe est au mode *indicatif,* quand on *indique* simplement que la chose est, **je lis;** ou qu'elle a été, **tu as lu;** ou qu'elle sera, **nous lirons.**

Je lis est au mode *indicatif* et au temps *présent,* car j'indique simplement ce que je fais en ce moment.

Tu as lu est au mode *indicatif* et au temps *passé indéfini,* car j'indique simplement ce que tu as fait dans un temps passé non déterminé.

Nous lirons est au mode *indicatif* et au temps *futur,* car j'indique simplement ce que nous ferons dans un temps à venir.

2° Le verbe est au mode *conditionnel,* quand on dit qu'une chose serait ou qu'elle aurait été moyennant une *condition.* Exemples : *Pierre* **lirait,** *s'il savait lire. Lirait* est au mode *conditionnel* et au temps *présent,* car il exprime ce que Pierre ferait en ce moment, moyennant cette condition, *s'il savait lire.*

Nous **aurions lu,** *si vous l'aviez demandé. Aurions lu* est au mode *conditionnel* et au temps *passé.*

3° Le verbe est au mode *impératif,* quand on commande de faire la chose : **lis, lisez; venez** *demain.*

REMARQUE. L'impératif a les mêmes formes pour le présent et pour le futur, et il n'a point de passé. *Lis, lisez* sont au mode *impératif* et au temps *présent,* car on commande de

_____

(1) Plusieurs grammairiens considèrent le *participe* comme un sixième mode ; nous avons suivi l'opinion de l'Académie.

lire actuellement. *Venez demain* est au mode *impératif* et au temps *futur*, car on commande de venir *demain*, c'est-à-dire dans un temps à venir.

4° Le verbe est au mode *subjonctif*, quand il dépend d'un autre verbe et qu'il présente la chose, action ou état, comme subordonnée à une autre.

Exemples : *Je veux qu'il* **lise** *maintenant*. *Qu'il lise* est au mode *subjonctif*, car ce verbe dépend du verbe *je veux*, et présente l'action de lire, comme subordonnée à ma volonté; il est au temps *présent*, car il exprime que la personne doit lire maintenant.

Je veux qu'il **lise** *dans deux heures*. Ici le verbe *qu'il lise* est au temps *futur* du mode *subjonctif*, car il exprime que l'action de lire, conséquence de ma volonté, doit se faire dans un temps à venir.

REMARQUE. Le mode subjonctif a les mêmes formes pour le présent et pour le futur.

5° Le verbe est au mode *infinitif*, c'est-à-dire *indéfini, indéterminé*, quand il exprime l'action ou l'état en général, sans nombre, ni personne. Exemples : **lire**; **être**, ces verbes sont au mode *infinitif* et au temps *présent*; **avoir lu, avoir été** sont au mode *infinitif* et au temps *passé*.

Radical et terminaisons. — Conjugaisons.

77. — RADICAL ET TERMINAISONS. Il faut distinguer dans un verbe le *radical* et la *terminaison*.

Le *radical* est la première partie du verbe, celle qui ne change pas (1). La *terminaison* est la dernière partie du verbe, et elle varie suivant le mode, le temps, le nombre et la personne.

Dans **aim** *er*, j'**aim** *e*, nous **aim** *ons*, il **aim** *era*, le radical est **aim**, les terminaisons sont *er, e, ons, era*.

78. — CONJUGAISONS. Réciter ou écrire de suite les différents modes d'un verbe avec tous leurs temps, leurs nombres et leurs personnes, cela s'appelle *conjuguer*.

_____

(1) Du moins très-rarement, si ce n'est dans les verbes véritablement irréguliers.

Il y a en français quatre conjugaisons différentes, que l'on distingue par la terminaison du présent de l'infinitif.

La première conjugaison a l'infinitif terminé en *er*, comme *aim*er.

La deuxième a l'infinitif terminé en *ir*, comme *fin*ir.

La troisième a l'infinitif terminé en *oir*, comme *recev*oir.

La quatrième a l'infinitif terminé en *re*, comme *rend*re.

Nous allons d'abord conjuguer les verbes auxiliaires *avoir* et *être;* nous donnerons ensuite un modèle de chacune des quatre conjugaisons.

VERBE AUXILIAIRE **AVOIR.**

MODE **INDICATIF.**

PRÉSENT.

sing.
- J'ai
- Tu as
- Il *ou* elle a

plur.
- Nous avons
- Vous avez
- Ils *ou* elles ont

IMPARFAIT.

J'avais
Tu avais
Il *ou* elle avait
Nous avions
Vous aviez
Ils *ou* elles avaient

PASSÉ DÉFINI.

J'eus
Tu eus
Il eut
Nous eûmes
Vous eûtes
Ils eurent

PASSÉ INDÉFINI.

J'ai eu
Tu as eu
Il a eu
Nous avons eu
Vous avez eu
Ils ont eu

PASSÉ ANTÉRIEUR.

J'eus eu
Tu eus eu

Il eut eu
Nous eûmes eu
Vous eûtes eu
Ils eurent eu

PLUS-QUE-PARFAIT.

J'avais eu
Tu avais eu
Il avait eu
Nous avions eu
Vous aviez eu
Ils avaient eu

FUTUR.

J'aurai
Tu auras
Il aura
Nous aurons
Vous aurez
Ils auront

FUTUR ANTÉRIEUR.

J'aurai eu
Tu auras eu
Il aura eu
Nous aurons eu
Vous aurez eu
Ils auront eu

MODE **CONDITIONNEL.**

PRÉSENT.

J'aurais
Tu aurais
Il aurait
Nous aurions

Vous auriez
Ils auraient

PASSÉ.

J'aurais eu
Tu aurais eu
Il aurait eu
Nous aurions eu
Vous auriez eu
Ils auraient eu

On dit aussi : *J'eusse eu, tu eusse eu, il eût eu ; nous eussions eu, vous eussiez eu, ils eussent eu.*

MODE **IMPÉRATIF.**

Point de première personne du singulier, ni de troisième du singulier et du pluriel.

Sing. . . . .
  Aie
  . . . .
Plur. Ayons
  Ayez
  . . . .

MODE **SUBJONCTIF.**

PRÉSENT *OU* FUTUR.

Que j'aie
Que tu aies
Qu'il ait
Que nous ayons
Que vous ayez
Qu'ils aient

IMPARFAIT.

Que j'eusse
Que tu eusses
Qu'il eût
Que nous eussions
Que vous eussiez
Qu'ils eussent

PASSÉ.

Que j'aie eu
Que tu aies eu
Qu'il ait eu
Que nous ayons eu
Que vous ayez eu
Qu'ils aient eu

PLUS-QUE-PARFAIT.

Que j'eusse eu
Que tu eusses eu
Qu'il eût eu
Que nous eussions eu
Que vous eussiez eu
Qu'ils eussent eu

MODE **INFINITIF.**

PRÉSENT.

Avoir

PASSÉ.

Avoir eu

PARTICIPE PRÉSENT.

Ayant

PARTICIPE PASSÉ.

Eu, eue, ayant eu

VERBE AUXILIAIRE **ÊTRE.**

MODE **INDICATIF.**

PRÉSENT.

Je suis
Tu es
Il *ou* elle est
Nous sommes
Vous êtes
Ils *ou* elles sont

IMPARFAIT.

J'étais
Tu étais
Il était
Nous étions
Vous étiez
Ils étaient

PASSÉ DÉFINI.

Je fus
Tu fus
Il fut
Nous fûmes
Vous fûtes
Ils furent

PASSÉ INDÉFINI.

J'ai été
Tu as été
Il a été
Nous avons été
Vous avez été
Ils ont été

PASSÉ ANTÉRIEUR.

J'eus été
Tu eus été
Il eut été
Nous eûmes été
Vous eûtes été
Ils eurent été

PLUS-QUE-PARFAIT.

J'avais été
Tu avais été
Il avait été
Nous avions été
Vous aviez été
Ils avaient été

FUTUR.

Je serai
Tu seras
Il sera
Nous serons
Vous serez
Ils seront

FUTUR ANTÉRIEUR.

J'aurai été
Tu auras été
Il aura été
Nous aurons été
Vous aurez été
Ils auront été

MODE **CONDITIONNEL.**

PRÉSENT.

Je serais
Tu serais
Il serait
Nous serions
Vous seriez
Ils seraient

PASSÉ.

J'aurais été
Tu aurais été
Il aurait été
Nous aurions été
Vous auriez été
Ils auraient été

On dit aussi : *J'eusse été, tu eusses été, il eût été ; nous eussions été, vous eussiez été, ils eussent été.*

MODE **IMPÉRATIF.**

Point de première personne du singulier, ni de troisième du singulier et du pluriel.

Sing. . . . .
         Sois

. . . .
Plur. Soyons
        Soyez

. . . .

MODE **SUBJONCTIF.**

PRÉSENT *ou* **FUTUR.**

Que je sois
Que tu sois
Qu'il soit
Que nous soyons
Que vous soyez
Qu'ils soient

IMPARFAIT.

Que je fusse
Que tu fusses
Qu'il fût
Que nous fussions
Que vous fussiez
Qu'ils fussent

PASSÉ.

Que j'aie été
Que tu aies été
Qu'il ait été
Que nous ayons été
Que vous ayez été
Qu'ils aient été

PLUS-QUE-PARFAIT.

Que j'eusse été
Que tu eusses été
Qu'il eût été
Que nous eussions été
Que vous eussiez été
Qu'ils eussent été

MODE **INFINITIF.**

PRÉSENT.

Être

PASSÉ.

Avoir été

PARTICIPE PRÉSENT.

Étant

PARTICIPE PASSÉ.

Été, *pas de féminin.*
Ayant été

PREMIÈRE CONJUGAISON, EN ER.

Modèle Aim **ER** (radical AIM, terminaison ER).

MODE **INDICATIF.**

PRÉSENT.

J'aim e
Tu aim es
Il *ou* elle aim e
Nous aim ons
Vous aim ez
Ils *ou* elles aim ent

IMPARFAIT.

J'aim ais
Tu aim ais
Il *ou* elle aim ait
Nous aim ions
Vous aim iez
Ils *ou* elles aim aient

PASSÉ DÉFINI.

J'aim ai
Tu aim as
Il aim a
Nous aim âmes
Vous aim âtes
Ils aim èrent

PASSÉ INDÉFINI.

J'ai aim é
Tu as aim é
Il a aim é
Nous avons aim é
Vous avez aim é
Ils ont aim é

PASSÉ ANTÉRIEUR.

J'eus aim é
Tu eus aim é
Il eut aim é
Nous eûmes aim é
Vous eûtes aim é
Ils eurent aim é (1)

PLUS-QUE-PARFAIT.

J'avais aim é
Tu avais aim é
Il avait aim é
Nous avions aim é
Vous aviez aim é
Ils avaient aim é

FUTUR.

J'aim erai
Tu aim eras
Il aim era
Nous aim erons
Vous aim erez
Ils aim eront

FUTUR ANTÉRIEUR.

J'aurai aim é
Tu auras aim é
Il aura aim é
Nous aurons aim é
Vous aurez aim é
Ils auront aim é

MODE **CONDITIONNEL.**

PRÉSENT.

J'aim erais
Tu aim erais
Il aim erait
Nous aim erions
Vous aim eriez
Ils aim eraient

PASSÉ.

J'aurais aim é
Tu aurais aim é
Il aurait aim é
Nous aurions aim é
Vous auriez aim é
Ils auraient aim é

On dit aussi : *J'eusse aimé, tu eusses aimé, il eût aimé ; nous eussions aimé, vous eussiez aimé, ils eussent aimé.*

MODE **IMPÉRATIF.**

Point de première personne

---

(1) Il y a un quatrième passé, dont on se sert rarement ; le voici : *J'ai eu aimé, tu as eu aimé, il a eu aimé ; nous avons eu aimé, vous avez eu aimé, ils ont eu aimé.*

du singulier, ni de troisième du singulier et du pluriel.

Sing. . . . . . .

    Aim *e*

    . . . . .

Plur. Aim *ons*

    Aim *ez*

    . . . . .

MODE SUBJONCTIF.

PRÉSENT *OU* FUTUR.

Que j'aim *e*
Que tu aim *es*
Qu'il aim *e*
Que nous aim *ions*
Que vous aim *iez*
Qu'ils aim *ent*

IMPARFAIT.

Que j'aim *asse*
Que tu aim *asses*
Qu'il aim *ât*
Que nous aim *assions*
Que vous aim *assiez*
Qu'ils aim *assent*

PASSÉ.

Que j'aie aim *é*
Que tu aies aim *é*
Qu'il ait aim *é*
Que nous ayons aim *é*
Que vous ayez aim *é*
Qu'ils aient aim *é*

PLUS-QUE-PARFAIT.

Que j'eusse aim *é*
Que tu eusses aim *é*
Qu'il eût aim *é*
Que nous eussions aim *é*
Que vous eussiez aim *é*
Qu'ils eussent aim *é*

MODE INFINITIF.

PRÉSENT.

Aim *er*

PASSÉ.

Avoir aim *é*

PARTICIPE PRÉSENT.

Aim *ant*

PARTICIPE PASSÉ.

Aim *é*, aim *ée*, ayant aim *é*

Ainsi se conjuguent les verbes *ador er*, *chant er*, *port er*, *dans er*, *attach er*, *arrêt er*, etc. (Voyez le *Cahier de la conjugaison*, pour les verbes en *ger*, en *eler*, en *yer*, etc.)

DEUXIÈME CONJUGAISON, EN IR.

Modèle FIN IR (radical FIN, terminaison IR).

MODE INDICATIF.

PRÉSENT.

Je fin *is*
Tu fin *is*
Il fin *it*
Nous fin *issons*
Vous fin *issez*
Ils fin *issent*

IMPARFAIT.

Je fin *issais*
Tu fin *issais*
Il fin *issait*
Nous fin *issions*
Vous fin *issiez*
Ils fin *issaient*

PASSÉ DÉFINI.

Je fin *is*
Tu fin *is*
Il fin *it*
Nous fin *îmes*
Vous fin *îtes*
Ils fin *irent*

PASSÉ INDÉFINI.

J'ai fin *i*
Tu as fin *i*
Il a fin *i*
Nous avons fin *i*
Vous avez fin *i*
Ils ont fin *i*

PASSÉ ANTÉRIEUR.

J'eus fin *i*
Tu eus fin *i*
Il eut fin *i*
Nous eûmes fin *i*
Vous eûtes fin *i*
Ils eurent fin *i*

PLUS-QUE-PARFAIT.

J'avais fin *i*
Tu avais fin *i*
Il avait fin *i*
Nous avions fin *i*
Vous aviez fin *i*
Ils avaient fin *i*

FUTUR.

Je fin *irai*
Tu fin *iras*
Il fin *ira*
Nous fin *irons*
Vous fin *irez*
Ils fin *iront*

FUTUR ANTÉRIEUR.

J'aurai fin *i*
Tu auras fin *i*
Il aura fin *i*
Nous aurons fin *i*
Vous aurez fin *i*
Ils auront fin *i*

MODE CONDITIONNEL.

PRÉSENT.

Je fin *irais*
Tu fin *irais*
Il fin *irait*
Nous fin *irions*
Vous fin *iriez*
Ils fin *iraient*

PASSÉ.

J'aurais fin *i*
Tu aurais fin *i*
Il aurait fin *i*
Nous aurions fin *i*
Vous auriez fin *i*
Ils auraient fin *i*

    On dit aussi : *J'eusse fini, tu eusses fini, il eût fini; nous eussions fini, vous eussiez fini, ils eussent fini.*

MODE IMPÉRATIF.

. . . . .
Fin *is*
. . . . .
Fin *issons*
Fin *issez*
. . . . .

MODE SUBJONCTIF.

PRÉSENT *ou* FUTUR.

Que je fin *isse*
Que tu fin *isses*
Qu'il fin *isse*
Que nous fin *issions*
Que vous fin *issiez*
Qu'ils fin *issent*

IMPARFAIT.

Que je fin *isse*
Que tu fin *isses*
Qu'il fin *ît*
Que nous fin *issions*
Que vous fin *issiez*
Qu'ils fin *issent*

PASSÉ.

Que j'aie fin *i*
Que tu aies fin *i*
Qu'il ait fin *i*
Que nous ayons fin *i*
Que vous ayez fin *i*
Qu'ils aient fin *i*

PLUS-QUE-PARFAIT.

Que j'eusse fin *i*
Que tu eusses fin *i*
Qu'il eût fin *i*
Que nous eussions fin *i*
Que vous eussiez fin *i*
Qu'ils eussent fin *i*

MODE INFINITIF.

PRÉSENT.

Fin *ir*

PASSÉ.

Avoir fin *i*

PARTICIPE PRÉSENT.

Fin *issant*

PARTICIPE PASSÉ.

Fin *i*, fin *ie*, ayant fin *i*

Ainsi se conjuguent *avert ir, guér ir, embell ir, pun ir, obé ir, rempl ir.* (Voyez le *Cahier de la conjugaison* pour les verbes *bénir, fleurir, haïr.*)

TROISIÈME CONJUGAISON, EN OIR.

Modèle ᴿᴱᶜ **EVOIR** (radical ᴿᴱᶜ, terminaison ᴇᴠᴏɪʀ).

MODE INDICATIF.

PRÉSENT.
Je reç *ois*
Tu reç *ois*
Il reç *oit*
Nous rec *evons*
Vous rec *evez*
Ils reç *oivent*

IMPARFAIT.
Je rec *evais*
Tu rec *evais*
Il rec *evait*
Nous rec *evions*
Vous rec *eviez*
Ils rec *evaient*

PASSÉ DÉFINI.
Je reç *us*
Tu reç *us*
Il reç *ut*
Nous reç *ûmes*
Vous reç *ûtes*
Ils reç *urent*

PASSÉ INDÉFINI.
J'ai reç *u*
Tu as reç *u*
Il a reç *u*
Nous avons reç *u*
Vous avez reç *u*
Ils ont reç *u*

PASSÉ ANTÉRIEUR.
J'eus reç *u*
Tu eus reç *u*
Il eut reç *u*
Nous eûmes reç *u*
Vous eûtes reç *u*
Ils eurent reç *u*

PLUS-QUE-PARFAIT.
J'avais reç *u*
Tu avais reç *u*
Il avait reç *u*
Nous avions reç *u*
Vous aviez reç *u*
Ils avaient reç *u*

FUTUR.
Je rec *evrai*
Tu rec *evras*
Il rec *evra*
Nous rec *evrons*
Vous rec *evrez*
Ils rec *evront*

FUTUR ANTÉRIEUR.
J'aurai reç *u*
Tu auras reç *u*
Il aura reç *u*
Nous aurons reç *u*
Vous aurez reç *u*
Ils auront reç *u*

MODE CONDITIONNEL.

PRÉSENT.
Je rec *evrais*
Tu rec *evrais*
Il rec *evrait*
Nous rec *evrions*
Vous rec *evriez*
Ils rec *evraient*

PASSÉ.
J'aurais reç *u*
Tu aurais reç *u*
Il aurait reç *u*
Nous aurions reç *u*
Vous auriez reç *u*
Ils auraient reç *u*

2.

On dit aussi : *J'eusse reçu, tu eusses reçu, il eût reçu; nous eussions reçu, vous eussiez reçu, ils eussent reçu.*

MODE IMPÉRATIF.

. . . . . .
Reç *ois*
. . . . . .
Reç *evons*
Rec *evez*
. . . . . .

MODE SUBJONCTIF.

PRÉSENT OU FUTUR.

Que je reç *oive*
Que tu reç *oives*
Qu'il reç *oive*
Que nous rec *evions*
Que vous rec *eviez*
Qu'ils reç *oivent*

IMPARFAIT.

Que je reç *usse*
Que tu reç *usses*
Qu'il reç *ût*
Que nous reç *ussions*
Que vous reç *ussiez*
Qu'ils reç *ussent*

PASSÉ.

Que j'aie reç *u*
Que tu aies reç *u*
Qu'il ait reç *u*
Que nous ayons reç *u*
Que vous ayez reç *u*
Qu'ils aient reç *u*

PLUS-QUE-PARFAIT.

Que j'eusse reç *u*
Que tu eusses reç *u*
Qu'il eût reç *u*
Que nous eussions reç *u*
Que vous eussiez reç *u*
Qu'ils eussent reç *u*

MODE INFINITIF.

PRÉSENT.

Rec *evoir*

PASSÉ.

Avoir reç *u*

PARTICIPE PRÉSENT.

Rec *evant*

PARTICIPE PASSÉ.

Reç *u*, reç *ue*, ayant reç *u*

Ainsi se conjuguent *aperc evoir, conc evoir, déc evoir, perc evoir, d evoir,* dont le participe passé *dû* prend au singulier masculin un accent circonflexe, pour le distinguer de l'article *du; red evoir,* et seulement les verbes qui ont l'infinitif en *evoir.* (Voyez le *Cahier de la conjugaison.*)

QUATRIÈME CONJUGAISON, EN RE.

Modèle REND RE (radical REND, terminaison RE).

MODE INDICATIF.
PRÉSENT.

Je rend *s*	Je rend *ais*
Tu rend *s*	Tu rend *ais*
Il rend	Il rend *ait*
Nous rend *ons*	Nous rend *ions*
Vous rend *ez*	Vous rend *iez*
Ils rend *ent*	Ils rend *aient*

IMPARFAIT.

PASSÉ DÉFINI.

Je rend *is*
Tu rend *is*
Il rend *it*
Nous rend *îmes*
Vous rend *îtes*
Ils rend *irent*

PASSÉ INDÉFINI.

J'ai rend *u*
Tu as rend *u*
Il a rend *u*
Nous avons rend *u*
Vous avez rend *u*
Ils ont rend *u*

PASSÉ ANTÉRIEUR.

J'eus rend *u*
Tu eus rend *u*
Il eut rend *u*
Nous eûmes rend *u*
Vous eûtes rend *u*
Ils eurent rend *u*

PLUS-QUE-PARFAIT.

J'avais rend *u*
Tu avais rend *u*
Il avait rend *u*
Nous avions rend *u*
Vous aviez rend *u*
Ils avaient rend *u*

FUTUR.

Je rend *rai*
Tu rend *ras*
Il rend *ra*
Nous rend *rons*
Vous rend *rez*
Ils rend *ront*

FUTUR ANTÉRIEUR.

J'aurai rend *u*
Tu auras rend *u*
Il aura rend *u*
Nous aurons rend *u*
Vous aurez rend *u*
Ils auront rend *u*

MODE CONDITIONNEL.

PRÉSENT.

Je rend *rais*
Tu rend *rais*
Il rend *rait*

Nous rend *rions*
Vous rend *riez*
Ils rend *raient*

PASSÉ.

J'aurais rend *u*
Tu aurais rend *u*
Il aurait rend *u*
Nous aurions rend *u*
Vous auriez rend *u*
Ils auraient rend *u*
  On dit aussi : *J'eusse rendu, tu eusses rendu, il eût rendu; nous eussions rendu, vous eussiez rendu, ils eussent rendu.*

MODE IMPÉRATIF.

. . . . .
  Rend *s*
. . . . .
  Rend *ons*
  Rend *ez*
. . . . .

MODE SUBJONCTIF.

PRÉSENT *ou* FUTUR.

Que je rend *e*
Que tu rend *es*
Qu'il rend *e*
Que nous rend *ions*
Que vous rend *iez*
Qu'ils rend *ent*

IMPARFAIT.

Que je rend *isse*
Que tu rend *isses*
Qu'il rend *ît*
Que nous rend *issions*
Que vous rend *issiez*
Qu'ils rend *issent*

PASSÉ.

Que j'aie rend *u*
Que tu aies rend *u*
Qu'il ait rend *u*
Que nous ayons rend *u*
Que vous ayez rend *u*
Qu'ils aient rend *u*

PLUS-QUE-PARFAIT.

Que j'eusse rend *u*
Que tu eusses rend *u*
Qu'il eût rend *u*

Que nous eussions rend *u*   PASSÉ.
Que vous eussiez rend *u*   Avoir rend *u*
Qu'ils eussent rend *u*   PARTICIPE PRÉSENT.
    MODE **INFINITIF.**   Rend *ant*
     PRÉSENT.   PARTICIPE PASSÉ.
Rend *re*   Rend *u*, rend *ue*, ayant rend *u*

Ainsi se conjuguent *vend re*, *défend re*, *répand re*, *tord re*, *mord re*, *répond re*, *attend re*, *entend re*, etc. (Voir le *Cahier de la conjugaison.*)

Temps primitifs, temps dérivés, formation des temps.

79. — TEMPS PRIMITIFS. — On appelle *temps primitifs* d'un verbe ceux qui servent à former les autres temps dans les quatre conjugaisons.

Il y a cinq temps primitifs, savoir : le *présent de l'infinitif*, le *participe présent*, le *participe passé*, le *présent de l'indicatif* et le *passé défini*.

80. — TEMPS DÉRIVÉS. On appelle *temps dérivés* ceux qui sont formés des temps primitifs.

81. — FORMATION DES TEMPS. I. Du *présent de l'infinitif* on forme :

1° Le *futur de l'indicatif*, en changeant *r*, *oir*, ou *re* en *rai*; exemples :

aimer,	*j'aimerai;*	*recevoir,*	*je recevrai ;*
finir,	*je finirai;*	*rendre,*	*je rendrai.*

2° Le *conditionnel présent*, en changeant *r*, *oir*, ou *re* en *rais* : *aimer*, *j'aimerais*, etc., ou plus simplement en ajoutant une *s* au futur :

j'aimerai,	*j'aimerais ;*	*je recevrai,*	*je recevrais ;*
je finirai,	*je finirais ;*	*je rendrai,*	*je rendrais.*

II. Du *participe présent*, on forme :

1° La première personne du pluriel du *présent de l'indicatif*, en changeant *ant* en *ons* :

aimant,	*nous aimons;*	*recevant,*	*nous recevons;*
finissant,	*nous finissons;*	*rendant,*	*nous rendons.*

2° L'*imparfait de l'indicatif*, en changeant *ant* en *ais* :

aimant,	*j'aimais;*	*recevant,*	*je recevais;*
finissant,	*je finissais;*	*rendant,*	*je rendais.*

3° Le *subjonctif présent,* en changeant *ant* en *e* muet ou *evant* en *oive :*

aimant,	*que j'aime;*	*recevant,*	*que je reçoive;*
finissant,	*que je finisse;*	*rendant,*	*que je rende.*

III. Du *participe passé* on forme tous les temps composés (74) en y joignant les temps des verbes auxiliaires *avoir* ou *être,* comme *j'ai aimé, j'ai fini, j'ai reçu, j'ai rendu; j'avais aimé, j'avais fini ; j'aurai reçu, j'aurai rendu ; que j'aie aimé, que j'eusse fini,* etc.

IV. Du *présent de l'indicatif* on forme l'*impératif* en ôtant les pronoms *je, nous, vous :*

j'aime,	impératif *aime;*	*je rends,*	impér. *rends;*
nous aimons,	*aimons;*	*nous rendons,*	*rendons ;*
vous aimez,	*aimez ;*	*vous rendez,*	*rendez.*

V. De la *seconde personne* du *passé défini* on forme l'*imparfait du subjonctif,* en ajoutant *se ;* exemples :

tu aimas,	*que j'aimasse ;*	*tu reçus,*	*que je reçusse ;*
tu finis,	*que je finisse ;*	*tu rendis,*	*que je rendisse.*

82.—Tableau *des temps primitifs des verbes qui suiven
les règles de la formation des temps.*

PRÉSENT de l'infinitif.	PARTICIPE présent.	PARTICIPE passé.	PRÉSENT de l'indicatif.	PASSÉ défini.

PREMIÈRE CONJUGAISON.

Aimer	Aimant	Aimé	J'aime	J'aimai
(Voy. *Exercices* pour les autres verbes de la 1re conj.)				Tu aimas

DEUXIÈME CONJUGAISON.

Finir	Finissant	Fini	Je finis	Je finis
Asservir	Asservissant	Asservi	J'asservis	J'asservis
Bouillir	Bouillant	Bouilli	Je bous	Je bouillis
Couvrir	Couvrant	Couvert	Je couvre	Je couvris
Dormir	Dormant	Dormi	Je dors	Je dormis
Fuir	Fuyant	Fui, fuie	Je fuis	Je fuis
Haïr (1)	Haïssant	Haï	Je hais	Je haïs
Mentir	Mentant	Menti (s. fém.)	Je mens	Je mentis
Offrir	Offrant	Offert	J'offre	J'offris
Ouvrir	Ouvrant	Ouvert	J'ouvre	J'ouvris
Partir	Partant	Parti	Je pars	Je partis
Sentir	Sentant	Senti	Je sens	Je sentis
Servir	Servant	Servi	Je sers	Je servis
Sortir	Sortant	Sorti	Je sors	Je sortis
Souffrir	Souffrant	Souffert	Je souffre	Je souffris
Tressaillir	Tressaillant	Tressailli	Je tressaille	Je tressaillis
Vêtir	Vêtant (2)	Vêtu	Je vêts	Je vêtis

TROISIÈME CONJUGAISON.

Recevoir	Recevant	Reçu	Je reçois	Je reçus
Pourvoir	Pourvoyant	Pourvu	Je pourvois	Je pourvus
Prévoir	Prévoyant	Prévu	Je prévois	Je prévis
Sursoir ou Surseoir	Sursoyant	Sursis	Je sursois	Je sursis

QUATRIÈME CONJUGAISON.

Rendre	Rendant	Rendu	Je rends	Je rendis
Battre	Battant	Battu	Je bats	Je battis
Conclure	Concluant	Conclu	Je conclus	Je conclus
Conduire	Conduisant	Conduit	Je conduis	Je conduisis
Confire (3)	Confisant	Confit	Je confis	Je confis

(1) Voir le Cahier de la conjugaison.

(2) On trouve *vêtissant, nous vêtissons, je vêtissais,* dans de très-bons auteurs : nous donnons dans ce tableau les formes qui sont seules admises par l'Académie.

(3) L'imparfait du subjonctif de ce verbe est très-peu usité.

PRÉSENT de l'infinitif.	PARTICIPE présent.	PARTICIPE passé.	PRÉSENT de l'indicatif.	PASSÉ défini.
Connaître	Connaissant	Connu	Je connais	Je connus
Coudre	Cousant	Cousu	Je couds	Je cousis
Craindre	Craignant	Craint	Je crains	Je craignis
Croire	Croyant	Cru	Je crois	Je crus
Croître	Croissant	Crû	Je crois	Je crûs
Dire (1)	Disant	Dit	Je dis (1)	Je dis
Écrire	Écrivant	Écrit	J'écris	J'écrivis
Exclure	Excluant	Exclu	J'exclus	J'exclus
Joindre	Joignant	Joint	Je joins	Je joignis
Lire	Lisant	Lu	Je lis	Je lus
Maudire	Maudissant	Maudit	Je maudis	Je maudis
Médire (2)	Médisant	Médit	Je médis	Je médis
Mettre	Mettant	Mis	Je mets	Je mis
Moudre	Moulant	Moulu	Je mouds	Je moulus
Naître (3)	Naissant	Né	Je nais	Je naquis
Nuire	Nuisant	Nui (sans fém.)	Je nuis	Je nuisis
Oindre	Oignant	Oint	J'oins	J'oignis
Paraître	Paraissant	Paru	Je parais	Je parus
Plaire	Plaisant	Plu	Je plais	Je plus
Prendre (4)	Prenant	Pris	Je prends	Je pris
Repaître	Repaissant	Repu	Je repais	Je repus
Résoudre	Résolvant	Résolu Résous (5)	Je résous	Je résolus
Rire	Riant	Ri (sans fém.)	Je ris	Je ris
Rompre	Rompant	Rompu	Je romps	Je rompis
Suffire	Suffisant	Suffi (s. fém.)	Je suffis	Je suffis
Suivre	Suivant	Suivi	Je suis	Je suivis
Taire	Taisant	Tu	Je tais	Je tus
Teindre	Teignant	Teint	Je teins	Je teignis
Vaincre (6)	Vainquant	Vaincu	Je vaincs	Je vainquis
Vivre	Vivant	Vécu	Je vis	Je vécus

(1) La seconde personne du pluriel du présent de l'indicatif est *vous dites* et non pas *vous disez*; son composé *redire* fait aussi *vous redites*.

(2) Le pluriel de l'indicatif est *nous médisons, vous médisez, ils médisent*. Tous les composés de *dire*, excepté *redire*, se conjuguent de même.

(3) Les temps composés prennent l'auxiliaire *être* : *je suis né*. Son composé *renaître* n'a point de participe passé.

(4) Dans ce verbe et dans ses composés, on double la lettre *n* toutes les fois qu'elle est suivie d'un *e* muet : *ils prennent, que je prenne*.

(5) Le participe *résous* s'emploie pour signifier *changé en, dissipé* : *un brouillard* résous *en pluie*. Il n'a pas de féminin; on y supplée par celui de *résolu*.

(6) Devant *a, e, i, o*, on remplace le *c* par *qu* : *vain quant, nous vainquons*. Au présent de l'indicatif, la troisième personne du singulier est *il vainc*.

83. — REMARQUE. — Les composés d'un verbe se conjuguent comme leur simple : ainsi *abattre, combattre*, comme *battre; promettre, admettre*, comme *mettre*. Cependant *redire* est le seul composé qui se conjugue comme *dire;* les autres, tels que *contredire, se dédire, interdire,* se conjuguent comme *médire*. Quant à *maudire*, il a des temps primitifs particuliers. (Voir le tableau.)

Conjuguez :

Sur *conduire*, les autres verbes en *uire,* excepté *bruire* et *luire,* qui sont défectifs;

Sur *craindre,* tous les verbes en *aindre;*

Sur *teindre*, tous les verbes en *eindre*.

(Voir, pour plus de renseignements, le Cahier de la conjugaison.)

Remarques sur les terminaisons des verbes.

84. — DEUXIÈME PERSONNE DU SINGULIER. La deuxième personne du singulier se termine toujours par une *s : tu aimes, tu aimais, tu finissais*, etc. Excepté à l'impératif des verbes de la première conjugaison, *aime, chante;* et des verbes *avoir, aller, savoir,* dont l'impératif est *aie, va, sache*.

85. — TROISIÈME PERSONNE DU SINGULIER. Si la première personne du singulier se termine par une *s* ou un *x*, la troisième se termine par un *t* : *je reçois, il reçoit; j'aimais, il aimait; je reçus, il reçut; je rendrais, il rendrait; je veux, il veut*.

Lorsque l's est précédée d'un *d* à la première personne, la troisième se termine par un *d* et non par un *t* : *je rends, il rend; je vends, il vend*.

Dans toutes les conjugaisons, la troisième personne du singulier de l'imparfait du subjonctif se termine par un *t*, et la voyelle qui est avant ce *t* prend un accent circonflexe : *qu'il aimât, qu'il finît, qu'il reçût, qu'il vînt*. Les autres personnes de ce temps ont deux *ss* de suite dans leur terminaison : *que j'aimasse, que tu finisses, que nous fissions, que vous vinssiez, qu'ils tinssent*.

86. — PREMIÈRE PERSONNE DU PLURIEL. Elle prend toujours une *s* à la fin : *nous aimons, nous finîmes.*

87. — DEUXIÈME PERSONNE DU PLURIEL. Elle se termine par un *z* : *vous aimez, vous finissiez, vous recevrez.* Excepté au passé défini où elle se termine par une *s* : *vous aimâtes, vous finîtes.*

88. TROISIÈME PERSONNE DU PLURIEL. Elle se termine par *ent* : *ils aiment, ils rendaient.* Excepté *ils ont, ils sont, ils font, ils vont,* et au futur de tous les verbes : *ils aimeront, ils finiront.*

89. — TERMINAISON DU FUTUR. Dans la première conjugaison le futur est en *erai* et le conditionnel en *erais,* avec un *e* muet avant l'*r,* parce que le futur conditionnel se forme de l'infinitif, dans lequel l'*r* est précédée d'un *e* : *aimer, j'aimerai; garder, je garderai.*

Mais dans les trois autres conjugaisons, la terminaison du futur est en *rai* et celle du conditionnel est en *rais* sans *e* muet, parce que cet *e* n'existe point à l'infinitif avant l'*r* : *finir, recevoir, rendre.* Ainsi l'on écrit : *je recevrai, je recevrais; je rendrai, je rendrais,* et non *je receverai, je renderais.*

Dans les verbes de la première conjugaison en *ier, yer, éer,* comme *prier, payer, créer,* les terminaisons du futur et du conditionnel sont aussi en *erai, erais,* quoique l'*e* soit muet dans la prononciation. Ainsi l'on doit écrire *je prierai, je payerai* ou *je paierai, je créerai,* et non *je prirai, je pairai, je crérai.*

Verbes irréguliers et verbes défectifs.

90. — On appelle verbes *irréguliers,* ceux qui ne suivent pas les règles de la formation des temps; et verbes *défectifs,* ceux qui manquent de quelques-uns de leurs temps ou de quelques personnes.

Voici le tableau des temps primitifs des verbes véritablement irréguliers, avec la conjugaison des temps qui ne suivent point les règles de la formation :

PRÉSENT de l'infinitif.	PARTICIPE présent.	PARTICIPE passé.	PRÉSENT de l'indicatif.	PASSÉ défini.
				PREMIÈRE
Aller	Allant	Allé	Je vais	J'allai Tu allas
Envoyer	Envoyant	Envoyé	J'envoie	J'envoyai Tu envoyas
				DEUXIÈME
Acquérir	Acquérant	Acquis	J'acquiers	J'acquis
Courir Cueillir	Courant Cueillant	Couru Cueilli	Je cours Je cueille	Je courus Je cueillis
Mourir	Mourant	Mort	Je meurs	Je mourus
Tenir	Tenant	Tenu	Je tiens	Je tins
Venir	Venant	Venu	Je viens	Je vins
				TROISIÈME
Asseoir	Asseyant ou Assoyant	Assis	J'assieds ou J'asseois	J'assis
Mouvoir	Mouvant	Mu	Je meus	Je mus
Pouvoir	Pouvant	Pu (sans ᵈ m.)	Je peux ou Je puis	Je pus
Prévaloir	Prévalant	Prévalu	Je prévaux	Je prévalus
Savoir	Sachant	Su	Je sais	Je sus
Valoir	Valant	Valu	Je vaux	Je valus
Voir	Voyant	Vu	Je vois	Je vis
Vouloir	Voulant	Voulu	Je veux	Je voulus
				QUATRIÈME
Boire	Buvant	Bu	Je bois	Je bus
Faire	Faisant (on pron. fesant)	Fait	Je fais	Je fis

TEMPS IRRÉGULIERS ET OBSERVATIONS.

CONJUGAISON.

Indicatif présent : je vais *ou* je vas, tu vas, il va ; nous allons, vous allez, ils vont. — *Futur* : j'irai, etc. — *Conditionnel* : j'irais, etc. — *Impératif* : va, allons, allez. — *Subjonctif présent* : que j'aille, que tu ailles, qu'il aille ; que nous allions, que vous alliez, qu'ils aillent. — Les temps composés prennent l'auxiliaire *être*.

L'y se change en *i* devant un *e* muet ; ainsi, le *présent de l'indicatif* s'écrit : j'envoie, tu envoies, il envoie ; nous envoyons, vous envoyez, ils envoient. Les seuls temps irréguliers sont : *Futur* : j'enverrai, etc. — *Conditionnel* : j'enverrais, etc.

CONJUGAISON.

Indicatif présent : j'acquiers, tu acquiers, il acquiert ; nous acquérons, vous acquérez, ils acquièrent. — *Futur* : j'acquerrai, etc. — *Conditionnel* : j'acquerrais, etc. — *Subjonctif présent* : que j'acquière, que tu acquières, qu'il acquière ; que nous acquérions, que vous acquériez, qu'ils acquièrent.

Futur : je courrai, etc. — *Conditionnel* : je courrais, etc.

Futur : — je cueillerai, etc. *Conditionnel* : je cueillerais, etc.

Indicatif présent : je meurs, tu meurs, il meurt ; nous mourons, vous mourez, ils meurent. — *Futur* : je mourrai, etc. — *Conditionnel* : je mourrais, etc. — *Subjonctif présent* : que je meure, que tu meures, qu'il meure ; que nous mourions, que vous mouriez, qu'ils meurent. — Les temps composés prennent *être*.

On double la lettre *n* quand elle est suivie d'un *e* muet. — *Indicatif présent* : je tiens, tu tiens, il tient ; nous tenons, vous tenez, ils tiennent. — *Passé défini* : je tins, tu tins, il tint ; nous tînmes, vous tîntes, ils tinrent. — *Futur* : je tiendrai, etc. — *Conditionnel* : je tiendrais, etc. — *Subjonctif présent* : que je tienne, que tu tiennes, qu'il tienne ; que nous tenions, que vous teniez, qu'ils tiennent. — A l'*imparfait du subjonctif*, l'*n* est suivie de deux *s*, que je tinsse, que tu tinsses, etc.

Il se conjugue sur *tenir* ; mais les temps composés prennent l'auxiliaire *être*.

CONJUGAISON.

Indicatif présent : j'assieds, tu assieds, il assied ; nous asseyons, vous asseyez, ils asseyent ; *ou* j'assois, tu assois, il assoit ; nous assoyons, vous assoyez, ils assoient. — *Futur* : j'assiérai, *ou* j'asseyerai, *ou* j'assoirai, etc. — *Conditionnel* : j'assiérais, *ou* j'asseyerais, *ou* j'assoirais, etc. — *Subjonctif présent* : que j'asseye, *ou* que j'assoie, etc.

Indicatif présent : je meus, tu meus, il meut ; nous mouvons, vous mouvez, ils meuvent. — *Subjonctif présent* : que je meuve, que tu meuves, qu'il meuve ; que nous mouvions, que vous mouviez, qu'ils meuvent. — *Promouvoir*, son composé, ne s'emploie qu'au participe passé, promu, promue.

Indicatif présent : je peux *ou* je puis, tu peux, il peut ; nous pouvons, vous pouvez, ils peuvent. — *Futur* : je pourrai etc. — *Conditionnel* : je pourrais, etc. — *Impératif* : peux, pouvons, pouvez (inusité). — *Subjonctif présent* : que je puisse, que tu puisses, qu'il puisse ; que nous puissions, que vous puissiez, qu'ils puissent.

Il se conjugue comme *valoir*, excepté le *présent du subjonctif*, qui se forme régulièrement : que je prévale, que tu prévales, etc.

Indicatif présent : je sais, tu sais, il sait ; nous savons, vous savez, ils savent. — *Imparfait* : je savais, etc. — *Futur* : je saurai, etc. — *Conditionnel* : je saurais, etc. — *Impératif* : sache, sachons, sachez.

Indicatif présent : je vaux, tu vaux, il vaut ; nous valons, vous valez, ils valent. — *Futur* : je vaudrai, etc. — *Conditionnel* : je vaudrais, etc. — *Impératif* : vaux, valons, valez (peu usité). — *Subjonctif présent* : que je vaille, que tu vailles, qu'il vaille ; que nous valions, que vous valiez, qu'ils vaillent.

L'y du participe présent se change en *i* devant un *e* muet. — *Indicatif présent* : je vois, tu vois, il voit ; nous voyons, vous voyez, ils voient. — *Futur* : je verrai, etc. — *Conditionnel* : je verrais, etc. — *Subjonctif présent* : que je voie, que tu voies, qu'il voie ; que nous voyions, que vous voyiez, qu'ils voient.

Indicatif présent : je veux, tu veux, il veut ; nous voulons, vous voulez, ils veulent. — *Futur* : je voudrai, etc. — *Conditionnel* : je voudrais, etc. — *Impératif* : veux, voulons, voulez *et plus souvent* veuillez. — *Subjonctif présent* : que je veuille, que tu veuilles, qu'il veuille ; que nous voulions, que vous vouliez, qu'ils veuillent.

CONJUGAISON.

Indicatif présent : je bois, tu bois, il boit ; nous buvons, vous buvez, ils boivent. — *Subjonctif présent* : que je boive, que tu boives, qu'il boive ; que nous buvions, que vous buviez, qu'ils boivent.

Indicatif présent : je fais, tu fais, il fait ; nous faisons (*on prononce* fesons), vous faites, ils font. — *Imparfait* : je faisais (*on prononce* je fesais), etc. — *Futur* : je ferai, etc. — *Conditionnel* : je ferais, etc. — *Impératif* : fais, faisons, faites. — *Subjonctif présent* : que je fasse, que tu fasses, etc.

REMARQUES. I. Nous n'avons guère en français qu'une vingtaine de verbes qui ne suivent point dans toute leur conjugaison les règles de la formation des temps, et qui, par conséquent, sont véritablement irréguliers (1). Dans ce nombre sont compris le verbe *être* et le verbe *avoir*, dont la conjugaison a été donnée précédemment.

II. Les composés se conjuguent comme leurs simples : ainsi *renvoyer*, comme *envoyer*; *accourir*, *secourir*, comme *courir*; *entretenir*, *obtenir*, *retenir*, comme *tenir*, etc. (Voir le Cahier de la conjugaison.) *Conquérir* et *acquérir* se conjuguent comme *acquérir*.

III. *Asseoir* a deux conjugaisons, comme on le voit sur ce tableau et dans le dictionnaire de l'Académie. L'élève fera cette double conjugaison, l'une après l'autre : la première conjugaison de ce verbe renferme deux futurs et deux conditionnels : j'*assiérai* ou j'*asseyerai*; le futur et le conditionnel de la seconde manière de conjuguer sont j'*assoirai*, j'*assoirais*. Le verbe pronominal *s'asseoir* se conjugue absolument de même.

92. — Conjugaison des principaux verbes défectifs.

Il y a plus de soixantes verbes défectifs, mais la plupart d'entre eux sont de vieux mots rarement employés.

Première conjugaison.

Puer. « Ce verbe n'est usité qu'à l'infinitif, au présent de l'indicatif, *je pue*, *tu pues*, *il pue*; *nous puons*, *vous puez*, *ils puent*; à l'imparfait, *je puais*, etc. ; au futur, *je puerai*, etc. ; au conditionnel, *je puerais*, etc. » (Acad.) Le présent du subjonctif *que je pue*, etc., et le participe présent, *puant*, se disent aussi; mais il n'y a point de participe passé.

Deuxième conjugaison.

Faillir. L'Académie conjugue ainsi ce verbe : Indic. prés., *je faux*, *tu faux*, *il faut*; *nous faillons*, *vous faillez*, *ils faillent*. — Imp., *je faillais*, etc. — Passé défini, *je faillis*, etc. — Futur, *je faudrai*, etc. — Participe prés., *faillant*; partic. passé, *failli*, *faillie*. Et elle fait remarquer que plusieurs de ces temps sont peu usités. Les temps composés, au contraire, le sont beaucoup.

---

(1) Il faut ajouter à ces vingt verbes simples environ cinquante verbes qui en sont composés : ainsi *tenir* donne les composés *obtenir*, *retenir*, *maintenir*, etc.

Gésir (être couché, étendu). Ce verbe n'est guère usité qu'à la troisième personne du singulier du présent de l'indicatif, *il gît, ci-gît ;* et au participe présent, *gisant.* Suivant l'Académie, on dit encore, au présent de l'indicatif, *nous gisons, vous gisez, ils gisent ;* et à l'imparf., *je gisais, tu gisais,* etc.

Ouïr (entendre). « On ne se sert aujourd'hui presque jamais de ce verbe qu'à l'infinitif et aux temps formés du participe *ouï* et du verbe *avoir.* » (Acad.) Cependant le Dictionnaire de l'Académie donne les formes suivantes, que l'on trouve dans les anciens auteurs : Indic. présent, *j'ois, tu ois, il oit ; nous oyons, vous oyez, ils oient.* — Imparfait, *j'oyais,* etc. — Passé défini, *j'ouïs, tu ouïs,* etc. — Futur, *j'oirai,* etc. — Condit., *j'oirais,* etc. — Impér., *ois, oyons, oyez.* — Subj. prés., *que j'oie,* ou *que j'oye,* etc. — Imparf., *que j'ouïsse,* etc. — Partic. prés., *oyant.*

Quérir (aller chercher, venir prendre). Ce verbe ne s'emploie qu'à l'infinitif présent. (L'Académie écrit *querir.*)

Troisième conjugaison.

Choir (tomber). Il n'est usité qu'au présent de l'infinitif et au participe passé, *chu, chue.*

Déchoir. « Point de participe présent, d'imparfait de l'indicatif ni d'impératif. » (Acad.) Les autres temps se conjuguent ainsi : Indic. présent, *je déchois, tu déchois, il déchoit ; nous déchoyons, vous déchoyez, ils déchoient.* — Passé déf., *je déchus,* etc. — Futur, *je décherrai,* etc. — Condit., *je décherrais,* etc. — Subj. prés., *que je déchoie, que tu déchoies, qu'il déchoie ; que nous déchoyions, que vous déchoyiez, qu'ils déchoient.* — Imp., *que je déchusse,* etc. — Partic. passé, *déchu, déchue.* Les temps composés prennent *être* ou *avoir.*

Échoir. « Au présent de l'indicatif, il n'est guère usité qu'à la troisième personne du singulier, *il échoit,* qu'on prononce et qu'on écrit même quelquefois *il échet.* — Passé déf., *j'échus,* etc. — Futur, *j'écherrai,* etc. — Condit., *j'écherrais,* etc. — Imparf. du subj., *que j'échusse,* etc. — Partic. prés. *échéant.* — Partic. passé, *échu, échue.* » (Acad.) Les temps qui manquent sont donc : l'imparfait de l'indicatif, l'impératif et le subjonctif présent. Les temps composés prennent l'auxiliaire *être.*

Falloir. « Verbe impersonnel. Il n'a ni impératif ni participe présent. » (Acad.) Indic. présent, *il faut.* — Imparf. *il fallait.* — Passé défini, *il fallut.* — Futur, *il faudra.* — Condit., *il faudrait.* — Subjonctif prés., *qu'il faille.* — Imparf., *qu'il fallût.* — Partic. passé, *fallu ;* pas de féminin.

Pleuvoir. Verbe impersonnel. Voyez sa conjugaison, page 56.

Ravoir. Il n'est usité qu'à l'infinitif.

Seoir (être convenable). Il n'est plus d'usage à l'infinitif et ne s'emploie qu'aux troisièmes personnes des temps suivants : Indic. prés., *il sied, ils siéent.* — Imp., *il seyait.* — Futur *il siéra, ils* *siéront.* — Condit., *il siérait, ils siéraient.* — L'Académie donne aussi le participe présent *seyant.*

Quatrième conjugaison.

Absoudre. Ce verbe n'a point de passé défini ni d'imparfait du subjonctif. Indic. présent, *j'absous, tu absous, il absout; nous absolvons, vous absolvez, ils absolvent.* — Imparf., *j'absolvais,* etc. — Futur, *j'absoudrai,* etc. — Condit., *j'absoudrais,* etc. — Impér., *absous, absolvons, absolvez.* — Subj. prés., *que j'absolve,* etc. — Partic. prés., *absolvant.* — Partic. passé, *absous, absoute.* — *Dissoudre* se conjugue de même.

Accroire. Ce verbe ne s'emploie qu'à l'infinitif.

Braire. « On ne l'emploie guère qu'à l'infinitif et aux troisièmes personnes du présent de l'indicatif, *il brait, ils braient;* du futur, *il braira, ils brairont;* et du conditionnel, *il brairait, ils brairaient.* » (Acad.)

Bruire. « Il n'est guère usité qu'à l'infinitif, à la troisième personne du singulier du présent de l'indicatif, *il bruit;* et aux troisièmes personnes de l'imparfait, *il bruyait, ils bruyaient.* » (Acad.) — *Bruyant* n'est point participe, mais adjectif.

Clore. Voici comment l'Académie conjugue ce verbe : Indic. présent, *je clos, tu clos, il clôt.* Point de pluriel. — Futur, *je clôrai,* etc. — Condit., *je clôrais,* etc. — Partic. passé, *clos, close.* Les autres temps simples manquent, tous les temps composés sont usités.

Éclore. Ce verbe n'est usité qu'à l'infinitif et aux troisièmes personnes des temps suivants : Indic. présent, *il éclôt, ils éclosent.* — Futur, *il éclôra, ils éclôront.* — Condit., *il éclôrait, ils éclôraient.* — Subj. prés., *qu'il éclose, qu'ils éclosent.* Il n'a point de participe présent. Le participe passé est *éclos, éclose.* Les temps composés prennent l'auxiliaire *être;* ils sont tous usités, mais seulement aux troisièmes personnes.

Forfaire. Il n'est usité qu'à l'infinitif et aux temps composés, qui prennent *avoir : j'ai forfait;* etc.

Frire. « Outre l'infinitif, il n'est usité qu'au singulier du présent de l'indicatif, *je fris, tu fris, il frit;* au futur, *je frirai, tu friras,* etc.; au conditionnel présent, *je frirais,* etc.; à la deuxième personne du singulier de l'impératif, *fris;* et aux temps composés du participe passé, *frit, frite.* » (Acad.) On emploie presque toujours ce verbe avec le verbe *faire : je fais frire, je ferai frire,* etc.

Luire. Le passé défini, l'impératif et l'imparfait du subjonctif manquent. — Indic. prés., *je luis, tu luis, il luit; nous luisons, vous luisez, ils luisent.* — Imparf., *je luisais,* etc. — Futur, *je luirai,* etc. — Condit., *je luirais,* etc. — Subj. prés., *que je luise,* etc. — Partic. prés., *luisant.* — Partic. passé, *lui;* pas de féminin. — *Reluire* et *entre-luire* ne sont guère usités qu'à l'infinitif.

Occire (tuer). Il n'est usité qu'à l'infinitif, au participe passé, *occis, occise,* et aux temps composés.

Paître. Il n'a ni passé défini, ni imparfait du subjonctif, ni temps composés. L'Académie conjugue ainsi les autres temps : Indic. présent, *je pais, tu pais, il pait* ; *nous paissons, vous paissez, ils paissent.* — Imparf., *je paissais,* etc. — Futur, *je paîtrai,* etc. — Condit., *je paîtrais,* etc. — Impér., *pais, paissons, paissez.* — Subjonct. présent, *que je paisse,* etc. — Partic. présent, *paissant.* — Partic. passé, *pu* (usité seulement comme terme de fauconnerie). — Son composé, *repaître,* n'est point défectif. (Voir le tableau des temps primitifs, page 35.)

Poindre. Ce verbe, qui signifie commencer à paraître, en parlant du jour, ne s'emploie qu'à l'infinitif et à la troisième personne du futur, *il poindra.*

Traire. Le passé défini et l'imparfait du subjonctif manquent. — Indic. prés., *je trais, tu trais, il trait* ; *nous trayons, vous trayez, ils traient.* — Imparf., *je trayais,* etc. — Futur, *je trairai,* etc. — Condit., *je trairais,* etc. — Impér., *trais, trayons, trayez.* — Subj. prés., *que je traie,* etc. — Part. prés., *trayant.* — Partic. passé, *trait, traite.* — Conjuguez de même tous ses composés, *abstraire, distraire, soustraire,* etc. Quant à *attraire,* il ne s'emploie qu'à l'infinitif (*attrayant* est un adjectif).

Sujet du verbe. — Remarques sur les sujets.

93. — Sujet. On appelle *sujet* du verbe la personne ou la chose qui fait l'action ou qui est dans l'état exprimé par le verbe.

On trouve le sujet en mettant *qui* devant le verbe (1). La réponse à cette question indique le sujet. Exemples :

Dieu gouverne le monde. — *Qui* gouverne le monde ? Réponse : *Dieu* ; voilà le sujet du verbe *gouverne.*

Le cheval galope. — *Qui* galope ? Réponse : *le cheval* ; le mot *cheval* est le sujet du verbe *galope.*

L'enfant est sage. — *Qui* est sage ? Réponse : *l'enfant* ; voilà le sujet du verbe *est.*

94. — Remarques. I. Le sujet du verbe est ordinairement un nom, comme dans les exemples ci-dessus, ou un pronom,

---

(1) Quelques grammairiens conseillent de faire la question *qui est-ce qui ?* pour les personnes et *qu'est-ce qui ?* pour les choses. Évidemment, l'emploi de l'une de ces questions de préférence à l'autre suppose la connaissance du sujet. D'ailleurs, deux questions différentes pour le même résultat ne peuvent qu'embarrasser les enfants, sans profit réel. Lhomond ne conseille que la question *qui est-ce qui ?* pour tous les cas, et le père Girard, seulement la question *qui ?* préférable, sans contredit, parce qu'elle est plus courte.

comme dans *je lis, tu joues, il parle* (*je* sujet de *lis, tu* sujet de *joues, il* sujet de *parle*).

Quelquefois le sujet d'un verbe est un autre verbe à l'infinitif. Exemple : *Manger trop est nuisible à la santé* (*manger trop*, sujet du verbe *est*).

II. Les pronoms personnels *je, tu, il, elle, ils, elles*, sont toujours sujets du verbe.

III. Les pronoms *nous* et *vous* ne sont sujets que quand ils répondent à la question *qui*, suivi du verbe. Exemples : *Nous marchons. Vous viendrez me voir.* — Qui marche? *nous* (sujet de *marchons*); qui viendra me voir? *vous* (sujet de *viendrez*). Mais dans cette phrase : *Dieu nous voit*, le pronom *nous* n'est point sujet, car en faisant la question : *Qui nous voit?* la réponse montre que c'est *Dieu* qui est le sujet du verbe *voit*.

IV. Le pronom indéfini *on* ou *l'on* est toujours sujet; il est de la troisième personne du singulier : *On dit; si l'on m'appelle.*

V. Le sujet est placé quelquefois après le verbe. Exemples : *Que fait votre frère?* (c'est-à-dire, votre frère fait quoi?) *Que demandez-vous?* (vous demandez quoi?) *Que dit-on?* (on dit quoi?) *As-tu fini?* (est-ce que tu as fini?) *Mon ami, dit Pythagore, est un autre moi-même.*

VI. Le pronom *qui* est sujet du verbe suivant : *Dieu, qui règne, veut être obéi* (le pronom *qui* est sujet du verbe *règne, Dieu* est sujet du verbe *veut*).

Cependant, lorsqu'on interroge, le pronom *qui* peut ne pas être sujet; ainsi dans cette phrase : *Qui demandez-vous?* le sujet est *vous* et non pas *qui*; c'est comme si l'on disait : *Vous demandez qui, quelle personne?*

VII. Le pronom *ce* suivi de *qui*, de *que* ou d'un autre pronom conjonctif, est souvent sujet; exemple : **Ce** *que vous faites me déplaît*. Pour voir si *ce* est sujet, on le remplace par le mot *la chose*, et l'on fait la question *qui?* devant le verbe : *la chose que vous faites me déplaît*. Qui me déplaît? réponse : *la chose* ; donc *la chose*, et par conséquent le pronom *ce*, est sujet du verbe *déplaît*.

VIII. A l'impératif, le sujet est toujours un pronom sous-entendu. Exemple : *lisez,* c'est-à-dire, *vous lisez.*

Règle d'accord du verbe avec son sujet. — Remarques.

95. — RÈGLE. Tout verbe doit être du même nombre et de la même personne que son sujet.

Exemples : *Je parle;* le verbe *parle* est au nombre singulier et à la première personne, parce que *je,* son sujet, est du singulier et de la première personne. *Vous parlez tous deux;* *parlez* est au nombre pluriel et à la seconde personne, parce que son sujet *vous* est du pluriel et de la seconde personne.

REMARQUES. I. Quand un verbe a deux sujets au singulier, on met ce verbe au pluriel. Exemple : *Mon frère et ma sœur* **lisent.**

II. Quand les deux sujets sont de différentes personnes, on met le verbe à la personne qui a la priorité sur les autres : la première personne a la priorité sur la seconde, et la seconde sur la troisième.

Exemples : *Vous et moi nous* **lisons;** *vous et votre frère vous* **lisez.** *Votre frère et votre sœur* **lisent.**

(Par politesse on nomme d'abord la personne à laquelle on parle et l'on se nomme soi-même le dernier; voilà pourquoi il faut dire : *Vous et moi nous lisons,* et non pas *moi et vous nous lisons*).

III. Le verbe s'accorde toujours avec son sujet, même lorsque ce sujet vient après. Exemple : *Voilà ce que lui* **envoient** ses parents.

Verbe actif ou transitif. Complément direct. Complément indirect.

96. — On distingue cinq sortes de verbes attributifs : les verbes *actifs* ou *transitifs,* les verbes *passifs,* les verbes *neutres* ou *intransitifs,* les verbes *pronominaux* et les verbes *impersonnels.*

97. VERBE ACTIF OU TRANSITIF. On appelle *verbe actif* ou *transitif* tout verbe exprimant une action faite par le sujet, et qui passe directement du sujet sur une personne ou sur une chose.

Exemples : *Charles pousse son frère.* Charles fait l'action de pousser, et cette action passe directement sur son *frère* qui la reçoit. Le verbe *pousse* est un verbe transitif.

Le chat mange la souris. Le chat fait l'action de manger, et cette action est soufferte, supportée par la *souris : mange* est donc un verbe transitif.

J'aime Dieu. Je fais l'acte d'aimer, et cet acte passe directement à *Dieu : aimer* est un verbe transitif.

On reconnaît qu'un verbe est *transitif* quand on peut mettre *quelqu'un* ou *quelque chose* après ce verbe. *Aimer, réciter,* sont des verbes transitifs, parce qu'on peut dire : *J'aime quelqu'un, je récite quelque chose* ; par exemple : *J'aime Dieu, je récite ma leçon.*

98. — COMPLÉMENT DIRECT. Le *complément direct* est la personne ou la chose qui souffre, qui supporte l'action faite par le sujet.

Exemples : *Charles pousse son frère.* —*Qui est poussé par Charles ?* Réponse : *son frère* ; voilà le complément direct.

Le chat mange la souris. — *Qui est mangé par le chat ?* Réponse : *la souris* ; c'est le complément direct.

J'aime Dieu. — *Qui est aimé de moi ?* Réponse : *Dieu,* complément direct.

Ainsi on trouve le complément direct en faisant la question *qui est* devant le participe passé du verbe.

REMARQUE. Tout verbe transitif a nécessairement un complément direct ; exemples : *Je lis l'histoire ; j'étudie ma leçon.* Il cesse d'être transitif, lorsqu'il n'a pas de complément direct ; exemples : *Je lis, j'étudie* (1).

99. — COMPLÉMENT INDIRECT. Outre le complément direct, les verbes peuvent avoir un second complément qu'on appelle *indirect.* Ce second complément, indiqué par les mots *à, de, par, pour,* etc., répond à l'une des questions *à qui ? à quoi ? de qui ? de quoi ? pour qui ? pour quoi ?* etc.

Exemples : *Écrire une lettre à son ami.* — *Écrire à qui ?* Réponse : *à son ami,* complément indirect.

---

(1) C'est l'opinion de l'Académie.

Délivrer quelqu'un du danger. — *Délivrer de quoi?* Réponse : *du danger*, complément indirect.

Cueillir des fleurs pour sa mère. — *Pour qui?* Réponse : *pour sa mère*, complément indirect.

Remarques sur les compléments des verbes.

100. — I. Les mots *le, la, les, l'*, placés devant un verbe, ou après un verbe auquel ils sont joints par un trait d'union, sont pronoms et toujours compléments directs de ce verbe. Exemples : *Je le connais; je la vois; reçois-les.*

II. Les pronoms *nous* et *vous*, lorsqu'ils ne sont pas sujets, sont compléments directs ou compléments indirects. Ils sont compléments indirects lorsqu'ils signifient *à nous, à vous*, comme dans *il nous parle, il vous a écrit;* c'est-à-dire, il parle *à nous*, il a écrit *à vous*.

III. Les pronoms *me, moi, te, toi, se* ou *s'* sont ordinairement compléments directs. Mais s'ils sont mis pour *à moi, à toi, à soi*, ils sont compléments indirects. Exemples : *Il me parle* (il parle *à moi*), *donne-moi du papier* (donne *à moi* du papier).

IV. Les pronoms *lui, leur* (signifiant *à eux, à elles*), *dont, de qui, de quoi, duquel, à qui, à quoi, auquel* et *y*, sont toujours compléments indirects. Exemples : *Je lui écrirai* (j'écrirai *à lui*); *je leur écrirai* (j'écrirai *à eux, à elles*).

V. Le mot *que*, lorsqu'il est pronom, est complément direct du verbe qui le suit (1). Exemple : *Voici le livre que j'ai acheté;* c'est-à-dire : *Voici le livre*, lequel livre *j'ai acheté;* le pronom *que* est complément direct du verbe *j'ai acheté*.

VI. Le pronom *ce*, suivi de *qui* ou d'un autre pronom conjonctif, est souvent sujet (voir page 44, remarque VII); il est souvent aussi complément direct. En le remplaçant par le mot

---

(1) Il faut excepter le cas où ce verbe est impersonnel; car tout verbe impersonnel, étant intransitif de sa nature, n'a point de complément direct. Ainsi, dans *le froid qu'il a fait m'a empêché de sortir*, le pronom *que* n'est point complément direct du verbe impersonnel *il a fait;* il tient la place du sujet logique. Cette phrase signifie *le froid, lequel froid a existé, m'a empêché de sortir* (Voir page 57).

la chose, on voit s'il est sujet ou complément. Exemple : *Donnez-lui* ce qui *lui conviendra le mieux;* c'est-à-dire, *donnez-lui* la chose *qui lui conviendra le mieux.* Ici le mot *la chose,* et par conséquent le pronom *ce* qui en tient la place, est complément direct.

VII. Le mot *en,* signifiant *de lui, d'elle, d'eux, de là,* est complément indirect. Exemples : *Je n'oublierai jamais les services que j'*en *ai reçus;* c'est-à-dire, que j'ai reçus *de lui, d'elle, d'eux,* etc. *Vient-il de la ville? Oui, il* en *vient.* (Il vient *de là, de la ville.*)

Si le pronom *en* signifie *de cela,* ou *des personnes dont on parle,* il est complément indirect, ou bien il dépend des compléments directs *un peu, une partie, quelques-uns, quelques-unes,* qui sont ordinairement sous-entendus. Exemples : *Avez-vous reçu vos étrennes? J'*en *ai reçu quelques-unes;* c'est-à-dire, *j'ai reçu quelques-unes* de cela. *Voulez-vous du pain? Oui, j'*en *veux;* c'est-à-dire, *je veux une partie, un peu* de cela (1).

Verbe passif : sa conjugaison.

101. — On appelle verbe *passif* tout verbe qui exprime une action soufferte, supportée par le sujet; exemple : *La souris est mangée par le chat.*

Tout verbe transitif a un *passif :* ce passif se forme en prenant le complément *direct* du verbe transitif pour en faire le *sujet* du verbe passif, et en ajoutant les mots *par* ou *de.* Ainsi pour tourner par le passif cette phrase, *le chat mange la souris,* dites : *la souris est mangée par le chat. J'aime mon père tendrement,* dites : *mon père est tendrement aimé de moi.*

CONJUGAISON DU VERBE PASSIF.

102. — Dans la langue française, ce que nous appelons *verbe passif* n'est autre chose que le verbe *être* suivi d'un participe passé, qui est employé comme adjectif et qui s'ac-

---

(1) Voir Dumarsais, Burnouf, l'Académie, etc.

corde en genre et en nombre avec le sujet. On conjugue donc le verbe passif absolument comme le verbe *être*. Exemple :

INDICATIF.

PRÉSENT.

Je suis *aimé* ou *aimée.*
Tu es *aimé* ou *aimée.*
Il est *aimé* ou elle est *aimée.*
Nous sommes *aimés* ou *aimées.*
Vous êtes *aimés* ou *aimées.*
Ils sont   *aimés* ou elles sont *aimées.*

Verbe neutre (1) ou intransitif : sa conjugaison.

103. — Le verbe *neutre* ou *intransitif* exprime l'*état* du sujet ou bien une action faite par le *sujet;* mais il n'a point de complément *direct.*

On reconnaît qu'un verbe est *intransitif,* quand on ne peut pas mettre après lui *quelqu'un* ou *quelque chose.* Ainsi *dormir, marcher,* sont des verbes intransitifs, parce qu'on ne peut pas dire : *Je dors quelqu'un, je marche quelque chose.*

104. — REMARQUE. Le verbe intransitif devient transitif lorsqu'il a un complément direct; exemples : *Vous ne courez aucun danger ; sortez ce cheval de l'écurie* (Acad.).

105. — Les verbes intransitifs n'ont pas de complément direct, mais ils ont souvent des compléments indirects; exemples : *Nuire* à *son ami, parler* de *quelqu'un (à son ami,* complément indirect de *nuire ; de quelqu'un,* complément indirect de *parler).*

La plupart des verbes intransitifs se conjuguent comme les verbes transitifs, avec l'auxiliaire *avoir : je dors, j'ai dormi, j'avais dormi,* etc.

Mais il y a des verbes intransitifs qui se conjuguent dans leurs temps composés avec l'auxiliaire *être,* comme *venir, arriver, tomber,* etc.

_____

(1) On l'appelle *neutre,* mot qui signifie *ni l'un ni l'autre,* parce qu'il n'est ni transitif ni passif.

CONJUGAISON DU VERBE INTRANSITIF **VENIR**.

MODE **INDICATIF**.

PRÉSENT.

Je viens
Tu viens
Il *ou* elle vient
Nous venons
Vous venez
Ils *ou* elles viennent

IMPARFAIT.

Je venais
Tu venais
Il *ou* elle venait
Nous venions
Vous veniez
Ils *ou* elles venaient

PASSÉ DÉFINI.

Je vins
Tu vins
Il *ou* elle vint
Nous vînmes
Vous vîntes
Ils *ou* elles vinrent

PASSÉ INDÉFINI.

Je suis venu *ou* venue
Tu es venu *ou* venue
Il est venu *ou* elle est venue
Nous sommes venus *ou* venues
Vous êtes venus *ou* venues
Ils sont venus *ou* elles sont venues

PASSÉ ANTÉRIEUR.

Je fus venu *ou* venue
Tu fus venu *ou* venue
Il fut venue *ou* elle fut venue
Nous fûmes venus *ou* venues
Nous fûtes venus *ou* venues
Ils furent venus *ou* elles furent
    venues

PLUS-QUE-PARFAIT.

J'étais venu *ou* venue
Tu étais venu *ou* venue
Il était venu *ou* elle était venue
Nous étions venus *ou* venues
Vous étiez venus *ou* venues
Ils étaient venus *ou* elles étaient
    venues

FUTUR.

Je viendrai
Tu viendras
Il *ou* elle viendra
Nous viendrons
Vous viendrez
Ils *ou* elles viendront

FUTUR ANTÉRIEUR.

Je serai venu *ou* venue
Tu seras venu *ou* venue
Il sera venu *ou* elle sera venue
Nous serons venus *ou* venues
Vous serez venus *ou* venues
Ils seront venus *ou* elles seront
    venues

MODE **CONDITIONNEL**.

PRÉSENT.

Je viendrais
Tu viendrais
Il *ou* elle viendrait
Nous viendrions
Vous viendriez
Ils *ou* elles viendraient

PASSÉ.

Je serais venu *ou* venue
Tu serais venu *ou* venue
Il serait venu *ou* elle serait venue
Nous serions venus *ou* venues
Vous seriez venus *ou* venues
Ils seraient venus *ou* elles se-
    raient venues

On dit aussi : *Je fusse venu* ou
venue, tu fusses venu ou *venue,
il fût venu* ou *elle fût venue;
nous fussions venus* ou *venues,
vous fussiez venus* ou *venues, ils
fussent venus* ou *elles fussent venues.*

MODE **IMPÉRATIF**.

Sing.   . . . .
     Viens

     . . . .
Plur. Venons
     Venez

     . . . .

MODE **SUBJONCTIF**.

PRÉSENT *ou* FUTUR.

Que je vienne
Que tu viennes
Qu'il *ou* qu'elle vienne
Que nous venions
Que vous veniez
Qu'ils *ou* qu'elles viennent

IMPARFAIT.

Que je vinsse
Que tu vinsses
Qu'il *ou* qu'elle vînt
Que nous vinssions
Que vous vinssiez
Qu'ils *ou* qu'elles vinssent

PASSÉ.

Que je sois venu *ou* venue
Que tu sois venu *ou* venue
Qu'il soit venu *ou* qu'elle soit
venue
Que nous soyons venus *ou* venues

Que vous soyez venus *ou* venues
Qu'ils soient venus *ou* qu'elles
soient venues

PLUS-QUE-PARFAIT.

Que je fusse venu *ou* venue
Que tu fusses venu *ou* venue
Qu'il fût venu *ou* qu'elle fût venue
Que nous fussions venus *ou* ve-
nues
Que vous fussiez venus *ou* venues
Qu'ils fussent venus *ou* qu'elles
fussent venues

MODE **INFINITIF**.

PRÉSENT.

Venir

PASSÉ.

Être venu

PARTICIPE PRÉSENT.

Venant

PARTICIPE PASSÉ.

Venu, venue, étant venu, étant
venue

Conjuguez de même les verbes *arriver, tomber, entrer, sortir, naître, mourir, décéder, partir, rester, descendre, monter, passer,* et les composés de *venir,* tels que *devenir, revenir, survenir, parvenir,* etc.

Verbe conjugué sous la forme interrogative.

106. — Lorsqu'on interroge on met quelquefois le pronom sujet après le verbe, en le joignant à ce verbe par un trait d'union; on dit alors que le verbe est conjugué sous la forme interrogative.

Les verbes ne peuvent être mis sous la forme interrogative qu'aux temps de l'indicatif et du conditionnel. Exemple :

MODE **INDICATIF**.

PRÉSENT.

Chanté-je ?
Chantes-tu ?
Chante-t-il ?
Chantons-nous ?
Chantez-vous ?
Chantent-ils ?

IMPARFAIT.

Chantais-je ?
Chantais-tu ?
Chantait-il ?
Chantions-nous ?
Chantiez-vous ?
Chantaient-ils ?

PASSÉ DÉFINI.

Chantai-je?
Chantas-tu?
Chanta-t-il?
Chantâmes-nous?
Chantâtes-vous?
Chantèrent-ils?

PASSÉ INDÉFINI.

Ai-je chanté?
As-tu chanté?
A-t-il chanté?
Avons-nous chanté?
Avez-vous chanté?
Ont-ils chanté?

PASSÉ ANTÉRIEUR (1)

Eus-je chanté?
Eus-tu chanté?
Eut-il chanté?
Eûmes-nous chanté?
Eûtes-vous chanté?
Eurent-ils chanté?

PLUS-QUE-PARFAIT.

Avais-je chanté?
Avais-tu chanté?
Avait-il chanté?
Avions-nous chanté?
Aviez-vous chanté?
Avaient-ils chanté?

FUTUR.

Chanterai-je?·
Chanteras-tu?
Chantera-t-il?

Chanterons-nous?
Chanterez-vous?
Chanteront-ils?

FUTUR ANTÉRIEUR.

Aurai-je chanté?
Auras-tu chanté?
Aura-t-il chanté?
Aurons-nous chanté?
Aurez-vous chanté?
Auront-ils chanté?

MODE CONDITIONNEL.

PRÉSENT.

Chanterais-je?
Chanterais-tu?
Chanterait-il?
Chanterions-nous?
Chanteriez-vous?
Chanteraient-ils?

PASSÉ.

Aurais-je chanté?
Aurais-tu chanté?
Aurait-il chanté?
Aurions-nous chanté?
Auriez-vous chanté?
Auraient-ils chanté?

AUTRE PASSÉ.

Eussé-je chanté?
Eusses-tu chanté?
Eût-il chanté?
Eussions-nous chanté?
Eussiez-vous chanté?
Eussent-ils chanté?

107. — REMARQUES. I. Lorsque la première personne finit par un *e* muet, comme *j'aime*, on change cet *e* muet en *é* fermé : *chanté-je, aimé-je.*

On dira de même *eussé-je*, de *j'eusse*; *fussé-je*, de *je fusse*; *dussé-je*, de *je dusse*; *puissé-je*, de *je puisse.*

II. On écrit *chanté-je*, au présent, et *chantai-je*, au passé défini. Il est facile de ne pas confondre ces temps : le premier

---

(1) On dit sous la forme interrogative, quoiqu'il n'y ait point interrogation dans la pensée : *à peine eus-je chanté, que*, etc., *à peine eûtes-vous fini* ; de même que l'on dit : *avait-il chanté, il s'en allait, c'est-à-dire, dès qu'il avait chanté*, etc. Du reste, il ne faut pas croire que tous les verbes puissent se conjuguer au passé antérieur sous la forme interrogative.

signifie *est-ce que je chante*? le second, *est-ce que je chantai?*

III. Lorsque la troisième personne du singulier finit par une voyelle, on met un *t* entre le verbe et le pronom sujet *il, elle, on ;* ce *t* est précédé et suivi d'un trait d'union; exemples : *Aime-t-il ? chanta-t-elle ? donna-t-on?*

IV. Dans les temps composés, le pronom sujet se place après l'auxiliaire : *ai-je chanté? auras-tu fini?*

V. En général, lorsque la première personne du singulier du présent de l'indicatif n'est que d'une seule syllabe, on ne l'emploie pas sous la forme interrogative. Ainsi au lieu de dire *prends-je? vends-je? mens-je?* on dit, *est-ce que je prends? est-ce que je vends?* etc. L'usage autorise cependant *suis-je? ai-je? dis-je? dois-je? puis-je? que sais-je? où vais-je?*

Verbes pronominaux ou réfléchis et réciproques.

108. — On appelle *verbes pronominaux* ceux qui *se conjuguent* avec deux pronoms de la même personne, dont le premier est sujet et le second complément.

A l'infinitif ces verbes prennent le pronom *se : se flatter, se louer, se blesser.*

Les verbes pronominaux se conjuguent comme le verbe intransitif *venir* (page 50), c'est-à-dire qu'ils prennent l'auxiliaire *être* aux temps composés. Mais dans les verbes pronominaux on sous-entend après le verbe *être* le participe présent *ayant,* du verbe *avoir :* ainsi *je me suis loué* est mis pour *je suis* ayant *loué moi,* ou *j'ai loué moi.*

CONJUGAISON DES VERBES PRONOMINAUX.

Nous ne mettrons ici que les premières personnes.

MODE **INDICATIF.**

PRÉSENT.

Je me repens
Tu te repens
Il *ou* elle se repent
Nous nous repentons
Vous vous repentez
Ils *ou* elles se repentent

IMPARFAIT.

Je me repentais, etc.

PASSÉ DÉFINI.

Je me repentis, etc.

PASSÉ INDÉFINI.

Je me suis repenti *ou* repentie, etc.

3.

PASSÉ ANTÉRIEUR.

Je me fus repenti *ou* repentie, etc.

PLUS-QUE-PARFAIT.

Je m'étais repenti *ou* repentie, etc.

FUTUR.

Je me repentirai, etc.

FUTUR ANTÉRIEUR.

Je me serai repenti *ou* repentie, etc.

MODE CONDITIONNEL.

PRÉSENT.

Je me repentirais, etc.

PASSÉ.

Je me serais repenti *ou* repentie, etc.

On dit aussi :

Je me fusse repenti *ou* repentie, etc.

MODE IMPÉRATIF.

Repens-toi

Repentons-nous
Repentez-vous

MODE SUBJONCTIF.

PRÉSENT *ou* FUTUR.

Que je me repente, etc.

IMPARFAIT.

Que je me repentisse, etc.

PASSÉ.

Que je me sois repenti *ou* repentie, etc.

PLUS-QUE-PARFAIT.

Que je me fusse repenti *ou* repentie, etc.

MODE INFINITIF.

PRÉSENT.

Se repentir.

PASSÉ.

S'être repenti *ou* repentie

PARTICIPE PRÉSENT.

Se repentant

PARTICIPE PASSÉ.

Repenti, repentie ; s'étant repenti *ou* repentie

Conjuguez de même les verbes de la première conjugaison : *s'emparer, se flatter, s'appuyer, se blesser.*

De la deuxième conjugaison : *se retenir, se punir, s'abstenir.*

De la troisième : *s'apercevoir, se pourvoir.*

De la quatrième : *se défendre, se plaindre, se rendre.*

109. — REMARQUES. I. Les pronoms *me, te, se, nous, vous,* qui précèdent immédiatement le verbe pronominal, sont quelquefois compléments *directs,* comme *je* me *flatte,* c'est-à-dire *je flatte* **moi** ; *tu te blesseras,* c'est-à-dire *tu blesseras* **toi.** Mais ils sont compléments *indirects,* lorsqu'ils signifient *à moi, à toi, à soi, à nous,* etc., comme dans *je* me *nuis,* c'est-à-dire *je nuis* **à moi** ; *il s'est fait une blessure,* c'est-à-dire *il a fait une blessure* à **soi,** *à lui-même.*

II. Si le verbe pronominal a un complément direct, comme dans *je me flatte, tu te blesseras,* il est *transitif* pronominal ; s'il n'a point de complément direct, comme dans *je me mis,* il est *intransitif.*

III. Le complément direct est quelquefois un autre mot que l'un des pronoms *me, te, se, nous, vous;* ainsi dans la phrase *il s'est fait une blessure,* le complément direct est *une blessure.* (Qui a été fait par lui? Réponse, *une blessure.*)

IV. On appelle verbes *essentiellement* pronominaux ceux qui ne peuvent pas *se conjuguer* autrement qu'avec un second pronom pour complément, et qui prennent toujours *se* à l'infinitif. Tels sont, par exemple, *se repentir, s'emparer;* on dit toujours, *je me repens, je m'empare,* et jamais *je repens, j'empare.*

Les verbes essentiellement pronominaux ont toujours pour complément direct le pronom qui les précède immédiatement. Il faut excepter cependant le verbe *s'arroger,* qui signifie *s'attribuer,* et dans lequel le pronom est complément indirect; exemple : *Il s'est arrogé des droits qu'il n'a pas.*

V. On appelle verbes *accidentellement* pronominaux ceux qui peuvent se conjuguer sans le secours d'un second pronom; tels sont : *se flatter, se blesser;* car on peut conjuguer ainsi ces verbes : *je flatte, tu flattes,* etc.; *je blesse, tu blesses,* etc.

Dans les verbes accidentellement pronominaux, le pronom qui les précède immédiatement est complément direct ou complément indirect, suivant le sens : il est complément direct dans *se flatter* (flatter *soi*); il est complément indirect dans *s'imaginer* (imaginer *en soi,* dans son esprit).

VI. On considère comme essentiellement pronominaux tous les verbes qui sous cette forme ont un sens particulier, différent de celui qu'ils ont sous la forme ordinaire. Tels sont *s'apercevoir* d'une chose (la remarquer), *s'attendre* à une chose (la prévoir, y compter), *se douter* d'une chose (la présumer), *se louer* de (se féliciter de), *se plaindre* de (exprimer du mécontentement), *se taire* (garder le silence), *se saisir* de (s'emparer de), *se servir* de (faire usage de), etc.

Verbes impersonnels.

110. — On appelle verbe *impersonnel* celui qui a pour sujet

le pronom *il*, ne tenant la place ni d'un nom de personne, ni d'un nom de chose.

Exemples : *Il pleut, il faut rester ;* on ne peut remplacer ici le pronom *il* ni par un nom de personne, ni par un nom de chose : *il pleut* et *il faut* sont des verbes impersonnels.

Les verbes impersonnels ne s'emploient dans chaque temps qu'à la troisième personne du singulier.

Exemple :

MODE **INDICATIF**.

PRÉSENT.

Il pleut

IMPARFAIT.

Il pleuvait

PASSÉ DÉFINI.

Il plut

PASSÉ INDÉFINI.

Il a plu

PASSÉ ANTÉRIEUR.

Il eut plu

PLUS-QUE-PARFAIT.

Il avait plu

FUTUR.

Il pleuvra

FUTUR ANTÉRIEUR.

Il aura plu

MODE **CONDITIONNEL**.

PRÉSENT.

Il pleuvrait

PASSÉ.

Il aurait plu *ou* il eût plu
Point d'impératif.

MODE **SUBJONCTIF**.

PRÉSENT *ou* FUTUR.

Qu'il pleuve

IMPARFAIT.

Qu'il plût

PASSÉ.

Qu'il ait plu

PLUS-QUE-PARFAIT.

Qu'il eût plu

MODE **INFINITIF**.

PRÉSENT.

Pleuvoir

PASSÉ.

Avoir plu

PARTICIPE PRÉSENT.

Pleuvant

PASSÉ.

Plu (sans féminin), ayant plu

111. — REMARQUES. I. Un grand nombre de verbes ayant toutes les personnes de chaque temps, peuvent être employés accidentellement comme verbes impersonnels ; par exemple, *avoir, être, tomber, faire, convenir,* sont impersonnels dans ces phrases : *Il y aura une grande foule ; il* est *juste d'obéir ; il* tombe *de la neige ; les grands froids* qu'*il* a fait ; *mes enfants, il* convient *d'écouter vos parents.* En effet, dans ces exemples, le pronom *il* ne tient point la place d'un nom.

II. Le pronom *il* n'est que le sujet apparent, ou sujet grammatical. Le véritable sujet est ordinairement exprimé après ou avant le verbe : ainsi les exemples ci-dessus signifient : une grande foule *aura lieu là* (y); obéir *est juste;* de la neige *tombe;* les grands froids *qui ont eu lieu;* et les sujets sont : *une grande foule, obéir, de la neige* et *les grands froids.*

III. Tout verbe impersonnel ou employé comme tel est *intransitif* de sa nature, ou bien c'est le verbe essentiel *être* ou son équivalent; par conséquent un verbe impersonnel n'a point de complément *direct.* Ainsi dans la phrase *le froid* qu'*il a fait,* c'est-à-dire *qui a eu lieu, qui est arrivé,* le pronom *que* n'est point complément direct du verbe impersonnel *il a fait;* il est mis pour *qui,* véritable sujet du verbe.

CHAPITRE VI.

LE PARTICIPE.

112. — Le *participe* est un mot qui tient à la fois de la nature du verbe et de la nature de l'adjectif (1).

Le participe est *verbe* quand il exprime que l'on fait ou que l'on a fait quelque chose; comme lorsqu'on dit **lisant** *un livre,* **obéissant** *à sa mère,* j'ai **lu** *ce livre,* il a **obéi** *à sa mère.*

Il est *adjectif* quand il exprime la qualité d'une personne ou d'une chose, comme dans ces phrases : *Des enfants honnêtes et* **obéissants;** *des livres* **lus;** *un vieillard* **respecté.**

113. — Comme nous l'avons vu dans la conjugaison des verbes, il y a deux participes : le *participe présent,* qui est toujours terminé en *ant : aimant, finissant, recevant, rendant,* et le *participe passé,* dont la terminaison n'est pas la même pour tous les verbes : *aimé, fini, reçu, écrit, pris, ouvert.*

114. — Le participe présent est invariable quand il est employé comme verbe. Exemple : *C'est une personne charitable,* **obligeant** *tout le monde.*

REMARQUE. — Le participe terminé en *ant* s'appelle *adjectif verbal,* lorsqu'il est employé comme adjectif. Il a alors,

---

(1) Le mot *participe* vient du verbe *participer de,* qui signifie *tenir de la nature de.*

comme les adjectifs, un féminin et un pluriel. Exemples : *Une personne* **obligeante**, *des personnes* **obligeantes**.

115. — Le participe passé, lorsqu'il est adjectif, forme son féminin par l'addition d'un *e* muet, et son pluriel, par l'addition d'une *s*. Exemples: *Un devoir* **fini**, *une affaire* **finie**; *un devoir mal* **écrit**, *des devoirs mal* **écrits**, *des pages mal* **écrites**.

116. — REMARQUE. Au participe passé en retranchant l'*e* muet de la terminaison du féminin, on voit si le masculin se termine par une consonne ou par une voyelle.

Ainsi en retranchant l'*e* muet des participes féminins *finie, suivie, reçue,* on a les participes masculins *fini, suivi, reçu,* qui se terminent par une voyelle. De même en retranchant l'*e* muet du féminin, on a le masculin des participes suivants, qui se terminent par une consonne :

Féminin.	Masculin.	Féminin.	Masculin.
mise.	mis	crainte. . . .	craint
prise.	pris	couverte. . .	couvert
assise. . . .	assis	réduite. . . .	réduit

Il faut excepter *absoute* et *dissoute,* qui font au masculin *absous, dissous* (1).

CHAPITRE VII.

L'ADVERBE.

117. — L'*adverbe* est un mot que l'on joint au verbe, à l'adjectif ou à un autre adverbe, pour en modifier la signification.

Par exemple si l'on dit : *Cet enfant mange proprement,* le mot *proprement* modifie la signification du verbe *mange;* c'est-à-dire qu'il donne à ce verbe un sens particulier, qu'il n'aurait point si l'on disait seulement: *Cet enfant mange.*

118. — On distingue plusieurs sortes d'adverbes :

1° Adverbes de *manière,* tels que :

Proprement	Poliment	Comment
Sagement	Vainement	Exprès, etc.

(1) Voir la conjugaison d'*absoudre,* page 42; voir aussi les temps primitifs de *résoudre,* page 35.

Presque tous les adverbes de manière sont terminés en *ment* et formés d'un adjectif, comme *proprement*, de *propre*; *sagement*, de *sage*; *poliment*, de *poli*.

REMARQUE. Les adverbes gardent avant la terminaison *ment* la voyelle ou les voyelles de la terminaison de l'adjectif dont ils dérivent. Ainsi l'on écrit par un **e** : *prudemment, différemment*, à cause des adjectifs *prudent, différent*; on écrit par un **a** : *abondamment, couramment*, formés des adjectifs *abondant, courant*; enfin on écrit par **ea** : *obligeamment*, parce que cet adverbe est formé de l'adjectif *obligeant*.

2° Adverbes qui marquent l'*ordre*, le *rang*, comme :

Prèmièrement	Auparavant	Puis
Secondement	D'abord	Après
Troisièmement	Ensuite	Enfin, etc.

Exemples : **D'abord** *il faut éviter le mal,* **ensuite** *il faut faire le bien.*

3° Adverbes qui marquent le *lieu* :

Où	Dessous	Loin	Ailleurs
Ici	Devant	Dedans	Autour
Là	Derrière	Y *signifiant* là	Alentour, etc.
Dessus	Partout	Dehors	

Exemples : **Où** *êtes-vous?* *Je suis* **ici**; *je vais* **là**.

4° Adverbes de *temps* :

Hier	Après-demain	Tantôt	Jamais
Avant-hier	Autrefois	Souvent	Maintenant
Aujourd'hui	Jadis	Quelquefois	Naguère, etc.
Demain	Bientôt	Toujours	

Exemples : *Cet enfant joue* **toujours** *et ne s'applique* **jamais**.

5° Adverbes de *quantité* :

Beaucoup	Trop	Tout	Que (*signif.* combien)
Extrêmement	Tant	Entièrement	Si, etc.
Assez	Très	Presque	
Peu	Davantage	Encore	

Il faut bien remarquer que le mot *si* n'est adverbe que lorsqu'il signifie *à tel point, tellement*, comme dans cette phrase : *Il fait* **si** *froid que la rivière est gelée*; c'est-à-dire : *Il fait* tellement *froid*, etc.; ou encore, lorsqu'il est mis pour *aussi*:

Il n'est pas si sage que vous (Acad.) ; autrement, le mot *si* est conjonctión.

6° Adverbes qui expriment l'*affirmation*, la *négation*, le *doute* :

Oui	D'accord	Non
Certes	Volontiers	Ne
Vraiment	Nullement	Peut-être, etc.

7° Adverbes de *comparaison* :

Plus	Mieux	Aussi
Moins	Autant	Si (*pour* aussi)

Exemples : **Plus** *sage*, **aussi** *sage*, **moins** *sage que vous.*

119. — REMARQUES. I. Certains adjectifs sont quelquefois employés comme adverbes ; on dit : Chanter *juste*, parler *bas*, voir *clair*, rester *court*, frapper *fort*, sentir *bon*, marcher *droit*.

II. L'adverbe *où* prend un accent grave. Ce mot est adverbe quand il exprime le lieu ; si le mot *ou* signifie *ou bien*, comme *Pierre* ou *Paul*, il est conjonction et s'écrit sans accent.

III. On appelle *locution adverbiale* une réunion de mots faisant fonction d'adverbe. Voici les locutions adverbiales les plus usitées :

1° De manière : *à tort, à regret, à la hâte, à l'envi, avec sagesse, avec soin, en vain, par hasard,* etc.

2° De lieu : *au delà, en deçà, au-dessus, au-dessous, en haut, en bas, à côté, nulle part,* etc.

3° De temps : *plus tôt, dans peu, depuis peu,* etc.

4° De quantité : *tout à fait, à tel point, au plus, le plus, le moins.*

5° D'affirmation, de négation, de doute : *sans doute, point du tout, ne pas, ne point,* etc.

CHAPITRE VIII.

LA PRÉPOSITION.

120. — La *préposition* est un mot qui, placé devant un nom, un pronom ou un verbe, sert à le joindre au mot qui le précède, pour compléter le sens de ce mot.

Par exemple, quand je dis : *Le fruit* **de** *l'arbre*, le mot *de* joint le nom *arbre* au nom *fruit*, pour compléter le sens du mot *fruit*. Nous voyons ainsi le rapport qu'il y a entre *fruit* et *arbre* : le *fruit* vient de l'*arbre*; c'est un rapport d'origine.

De même quand je dis : *Nous allons* **à** *Paris* ; le mot *à* joint le nom *Paris* au verbe *nous allons*, pour compléter le sens de ce verbe, en exprimant le rapport qu'il y a entre notre action d'aller et la ville de Paris; c'est un rapport de but, de tendance.

Les mots *à* et *de* sont des prépositions.

121. — Les principales prépositions sont :

à	depuis	hormis	pendant
afin de	derrière	hors	pour
après	dès	jusqu'à	sans
avant	devant	malgré	sauf
avec	durant	moyennant	selon
chez	en	nonobstant	sous
contre	entre	outre	suivant
dans	envers	par	sur
de	excepté	parmi	vers

Ces prépositions marquent différents rapports.

1° Rapports de *lieu*, de *but*, de *tendance;* exemples : *Être* chez *un ami. Étudier* pour *son instruction. Aller* à *Rome.*

2° Rapports d'*origine*, de *propriété : Les fils* de *Jacob. Le livre* de *Pierre.*

3° Rapports d'*ordre*, de *rang : La nouvelle est arrivée* avant *le courrier. Marchez* devant *moi.*

4° Rapports d'*étendue*, de *temps :* Depuis *la création* jusqu'au *déluge.* Pendant *la guerre.*

5° Rapports d'*union*, de *conformité : Partir* avec *son ami. Se conduire* selon *la raison.*

6° Rapports d'*exception*, de *séparation : Tout est perdu*, excepté *l'honneur. Les soldats* sans *les officiers.*

7° Rapport d'*opposition : Plaider* contre *quelqu'un. Il a fait cela* nonobstant *mes représentations.*

8° Rapport de *moyen*, etc. : *Fléchir* par *ses prières. J'espère*, moyennant *la grâce de Dieu.*

122. — REMARQUES. I. On appelle *locutions prépositives* des prépositions composées :

1° D'un nom et des prépositions *à*, *de*, *en*, comme *à la place de*, *à cause de*, *à force de*, *à l'égard de*, *en raison de*, *en dépit de*, etc.

2° D'un adverbe et de la préposition *de*, comme *auprès de*, *autour de*, *loin de*, etc.

II. On met un accent grave sur la préposition *à*, pour la distinguer de la troisième personne du singulier du verbe *avoir* : *Il* **a** *une maison* à *Paris*. On met aussi un accent grave sur la préposition *dès*, pour la distinguer de l'article contracté *des* : *Cette rivière est navigable* dès *sa source*.

III. Il y a des prépositions telles que, *avant*, *après*, *derrière*, *devant*, qui s'emploient comme adverbes. Exemple : *Vous irez* devant *et moi* derrière.

IV. Les participes *attendu*, *vu*, *concernant*, *touchant*, *durant*, *suivant*, *excepté*, *supposé*, *passé*, sont des prépositions lorsqu'ils sont devant un nom. Alors

Attendu et *vu* signifient	*A cause de*
Concernant et *touchant*.	*Sur*
Durant	*Pendant*
Suivant	*Selon*
Excepté	*Hormis*
Supposé	*Dans la supposition de*
Passé.	*Après*

Exemples : *Nous n'avons pu partir,* **attendu** *le mauvais temps. Vous lui direz deux mots* **touchant** *cette affaire.*

Y compris et *non compris*, devant un nom, sont aussi des prépositions.

V. Le mot *sauf* n'est préposition que devant un nom : **Sauf** *erreur*, **sauf** *votre approbation*. Il est adjectif quand il signifie *sauvé*, *en bon état*, et il fait au féminin *sauve : La vie sauve*.

CHAPITRE IX.

LA CONJONCTION.

123. — La *conjonction* est un mot qui sert à joindre entre elles les phrases ou les parties semblables d'une phrase.

La conjonction joint : 1° un sujet à un sujet ; exemple :

Pierre **et** *Paul sont obéissants :* la conjonction *et* joint le sujet *Paul* au sujet *Pierre.*

2° Un adjectif à un adjectif : *Dieu est juste* **et** *bon.*

3° Un complément à un complément : *Appelez Pierre* **ou** *Paul.*

4° Un verbe à un verbe, ou une phrase à une phrase : *Je crois* **que** *vous pleurez. Nous irons nous promener,* **si** *vous avez le temps.* La conjonction *que* joint la phrase *vous pleurez* à la phrase *je crois,* et la conjonction *si* joint *vous avez le tems* à *nous irons nous promener.*

124. — Voici les principales conjonctions :

Et	Car	Quand	D'ailleurs
Que	Or	Lorsque	Cependant
Ni	Donc	Comme	Soit (répété)
Mais	Ou	Sinon	
Si	Ou bien	Quoique	

125. — REMARQUES. I. On appelle locution conjonctive toute réunion de mots qui sont employés comme conjonction, tels que *afin que, ainsi que, dès que, de peur que, parce que, tandis que,* etc.

II. Nous avons vu que le mot *que* est pronom conjonctif quand il peut se remplacer par *lequel, laquelle,* ou par *quelle chose?* et qu'il est adverbe quand il signifie *combien* : il est conjonction lorsqu'il sert à joindre deux verbes ou deux phrases, comme dans *je crois* **que** *vous pleurez.*

III. La conjonction *ou* signifie *ou bien* : *Appelez Pierre* ou *Paul :* il ne faut pas la confondre avec l'adverbe *où,* qui prend un accent grave.

IV. Le mot *si* est adverbe quand il signifie *à tel point, tellement, aussi ;* dans le cas contraire il est conjonction.

CHAPITRE X.

L'INTERJECTION.

126. — L'*interjection* est un mot qui exprime les sentiments vifs et subits de l'âme : c'est une sorte de cri de *joie,* de *douleur,* etc. Exemples :

Pour exprimer la joie : *Ah! Bon!*
                        la douleur : *Ahi! Ah! Hélas!*
                        la crainte : *Ha! Hé!*
                        l'admiration : *Oh!*
                        l'aversion : *Fi! Fi donc!*
Pour appeler : *Holà! Hé!*
Pour encourager : *Çà! Allons!*
Pour faire taire : *Chut!*

127. — Il faut ajouter à cette liste beaucoup de mots qui s'emploient quelquefois comme interjections, tels que *paix! silence! peste! courage! ciel! miséricorde!*

On doit aussi considérer comme interjections tous les mots qui tiennent lieu d'une phrase entière, tels que *oui, non, bonjour, bonsoir, adieu.*

CHAPITRE XI.

ANALYSE GRAMMATICALE.
Modèle d'analyse grammaticale (1).

128. — L'*analyse grammaticale* est l'explication des différentes espèces de mots qui forment une phrase, de leurs formes grammaticales et de leurs rapports. En voici un modèle :

Phrase à analyser. « Religion, quel est ton empire! que de vertus te doivent les humains! Oh! qu'il est heureux le mortel qui, pénétré de tes vérités sublimes, trouve sans cesse dans ton sein un asile contre le vice et un refuge contre le malheur! »

ANALYSE.

Religion	Nom com. f. sing. employé comme nom propre, parce que la Religion est ici personnifiée : mis en apostrophe ou au vocatif.
quel	Adjectif indéfini, m. sing., se rapportant à *empire.*
est	Verbe essentiel, 3ᵉ pers. du sing. du prés. de l'indicatif; irrégulier.
ton	Adj. possessif, m. sing., déterminant *empire.*
empire	Nom com. m. sing., sujet de *est.*
que	Pour *combien*, adv., formant, avec les mots *de vertus*, le complém. direct du verbe *doivent.*
de	Préposition.

---

(1) Le volume d'application renferme un grand nombre d'exercices sur l'analyse grammaticale, et ces exercices sont gradués de telle sorte que l'élève qui a terminé l'étude des dix espèces de mots n'a plus à voir que les difficultés de l'analyse de certains gallicismes. J'ai donc cru devoir me borner à ne donner ici qu'un modèle d'analyse grammaticale complète.

vertus	Nom com. f. pl., complétant, à l'aide de la prépos. *de*, le sens de l'adverbe *que*.
te	Pron. pers. 2ᵉ pers. du sing., désignant *la Religion*, et complém. indirect du verbe *doivent*.
doivent	Verbe transitif, 3ᵉ pers. du plur. du prés. de l'indic. du verbe *devoir*, 3ᵉ conjugaison.
les	Article m. plur. se rapportant à *humains*.
humains	Nom com. m. plur. sujet du verbe *doivent*.
Oh!	Interjection.
qu'il	Pour *que il*.
que	Signifiant *combien*, adv. modifiant l'adjectif *heureux*.
il	Pron. pers. 3ᵉ pers. du sing. désignant *le mortel*, et sujet du verbe *est*.
est	Verbe essentiel, 3ᵉ pers. du sing. du présent de l'indic. ; irrégulier.
heureux	Adjectif qualificatif, m. sing., se rapportant au pron. *il* et par conséquent au nom *mortel*.
le	Article, m. sing., se rapportant à *mortel*.
mortel	Adjectif pris substantivement, m. sing.; répétition du sujet du verbe *est*.
qui	Pron. conjonctif, m. sing., ayant pour antécédent *le mortel*, et sujet du verbe *trouve*.
pénétré	Participe adj., venant du verbe *pénétrer*, et au m. sing. parce qu'il se rapporte au pronom *qui*, mis pour *le mortel*.
de	Prépos.
tes	Adj. possessif f. plur., déterminant *vérités*.
vérités	Nom com. f. plur., complétant, à l'aide de la prépos. *de*, le sens du participe adj. *pénétré*.
sublimes	Adj. qualificatif f. plur., se rapportant à *vérités*.
trouve	Verbe transitif, 3ᵉ pers. du sing. du prés. de l'indic. du verbe *trouver*, 1ʳᵉ conjug.
sans cesse	Locution adverbiale, modifiant le sens du verbe *trouve*.
dans	Prépos.
ton	Adj. possessif m. sing., déterminant *sein*.
sein	Nom com. m. sing., formant, à l'aide de la prépos. *de*, un complém. indirect du verbe *trouve*.
un	Adj. numéral card. m. sing., déterminant *asile*.
asile	Nom com. m. sing., complém. direct du verbe *trouve*.
contre	Prépos.
le	Art. m. sing., se rapportant à *vice*.
vice	Nom com. m. sing., formant, à l'aide de la prépos. *contre*, un complém. indirect du verbe *trouve*.
et	Conjonction, liant le complément direct *un refuge* au complém. direct *un asile*.
un	Adj. numéral card. m. sing., déterminant *refuge*.
refuge	Nom com. m. sing., complém. direct du verbe *trouve*.
contre	Prépos.
le	Art. m. sing., se rapportant à *malheur*.
malheur	Nom. com. m. sing., formant, à l'aide de la préposition *contre*, un complément indirect du verbe *trouve*.

DEUXIÈME PARTIE.

ÉLÉMENTS DE SYNTAXE.

CHAPITRE PREMIER.

NOM OU SUBSTANTIF.

Genre de quelques noms.

129. — **Aigle**, oiseau, est du masculin : **Un** *aigle* **grand** *et* **fort.** — *Aigle*, enseigne militaire, est du féminin : *Les aigles romaines.*

130. — **Amour** est masculin au pluriel comme au singulier. On le fait du féminin au pluriel pour signifier un grand attachement, une vive passion : *De* **fatales** *amours* (1).

131. — **Automne** est des deux genres; mais le masculin est préférable : **Un** *automne* **pluvieux.**

132. — **Chose.** *Quelque chose* signifiant *une certaine chose,* est du masculin : *Il m'a dit* quelque chose *de* **fâcheux** (Acad.), c'est-à-dire : il m'a dit *une certaine chose;* dans ce cas l'expression *quelque chose* ne forme réellement qu'un seul mot. Mais si *quelque chose* signifie *quelle que soit*

---

(1)   Cette Esther, l'innocence et la sagesse même,
       Que je croyais du ciel les plus *chères* amours.   (RACINE).

la chose, alors cette expression forme deux mots, l'adjectif *quelque* et le nom *chose*, qui est du féminin. Exemple : Quelque chose *que je lui aie dite, je n'ai pu le convaincre* (Acad.), c'est-à-dire, *quelle que soit la chose* que je lui aie *dite*.

133. — **Délice** et **orgue** sont du masculin au singulier et du féminin au pluriel : **Un grand** *délice*, *de* **grandes** *délices ;* **un bon** *orgue*, *de* **bonnes** *orgues*.

134. — **Enfant** est du masculin, s'il désigne un petit garçon ; il est du féminin, s'il désigne une petite fille : **Un bel** *enfant*, **une belle** *enfant*.

135. — **Exemple** est toujours du masculin : *De beaux exemples d'écriture* (Acad.).

136. — **Évangile, incendie, orage** et **hôtel** sont du masculin : **Le Saint** *Évangile*, **un grand** *incendie*, **un violent** *orage*, **un bel** *hôtel*.

137. — **Hymne**, chant guerrier, est du masculin : **Un** *hymne* **entraînant ;** mais lorsqu'il signifie un chant d'église, il est du féminin : *Les* **belles** *hymnes du bréviaire.*

138. — **Œuvre** est du féminin. Cependant on le fait du masculin dans le sens d'entreprise très-importante, et lorsqu'il désigne un recueil d'estampes ou d'un compositeur de musique (Acad.) : **Le second** *œuvre de Mozart* (1).

139. — **Période**, espace de temps, est du féminin : **La** *période du moyen-âge. Cette fièvre a des périodes* **régulières.** Il est du masculin, quand il signifie le plus haut point, le dernier degré ; *L'éloquence fut portée à* **son** *plus* **haut** *période.*

140. — **Pleurs** est du masculin et du pluriel (2) : *Des pleurs* **touchants** (*Acad.*).

Genre du nom GENS.

141. — **Gens** est un nom du pluriel et désigne toujours des personnes. Les mots qui se rapportent à ce nom sont du masculin, qu'ils soient placés avant ou après lui ; exemples : **Heu-**

---

(1) Il est aussi du masculin dans *le grand œuvre*, la pierre philosophale.
(2) Ce nom ne s'emploie au singulier que dans le style élevé.

reux *sont les* gens *qui savent être* **modérés** *dans leurs dé-sirs !* **Quels** *sont ces* gens? **Tous** *les* gens *de bien.* **Tous** *les* **honnêtes** gens. *Les* **premiers braves** gens.

142. — EXCEPTION. Les adjectifs qui n'ont pas la même ter-minaison pour le masculin et pour le féminin, tels que *bon, quel,* se mettent au féminin, s'ils sont placés *immédiatement* avant le mot *gens;* exemples : *J'aime ces* **bonnes** gens. **Quelles** gens *êtes-vous?*

Dans ce cas tous les autres adjectifs placés avant le mot *gens* se mettent aussi au féminin : **Heureuses** *sont les* **vieilles** gens *qui ont bien vécu!*

REMARQUE. Lorsque le mot *gens* s'emploie pour désigner une profession, tous les adjectifs qui s'y rapportent sont du masculin, même ceux qui le précèdent immédiatement : **Certains** gens *d'affaires* (Acad.).

Pluriel des noms AIEUL, CIEL, ŒIL.

143. — **Aïeul,** pluriel *aïeux,* pour signifier *ancêtres : Les Gaulois et les Francs sont nos* **aïeux.** Il fait *aïeuls* pour dési-gner le grand-père paternel et le grand-père maternel : *Il a encore ses deux* **aïeuls.**

144. — **Ciel,** pluriel *cieux : Notre Père, qui êtes aux* **cieux.** Il fait *ciels,* en terme de peinture : *Ce peintre fait bien les* **ciels;** ainsi que dans *ciels de lit* et dans *ciels de car-rière.*

145. — **Œil,** pluriel *yeux : J'ai mal aux* **yeux.** Il fait au pluriel *œils* dans *œils de bœuf,* sortes de fenêtres rondes ou ovales, ainsi que dans les noms de certaines plantes ou pierres précieuses, tels que *œils-de-chat, œils-de-serpent,* etc. Mais il faut dire les *yeux* de la soupe, du bouillon, du pain, du fromage (Acad.).

Pluriel des noms propres.

146. — Les noms propres ne prennent point la marque du pluriel, s'ils désignent véritablement des personnes ainsi nom-mées. Exemples : *Les deux* **Corneille** *étaient frères. Con-naissez-vous Messieurs* **Dupré**? *Les* **Corneille,** *les* **Molière,**

les **Racine**, *les* **La Fontaine**, *ont illustré le siècle de Louis XIV.*

Dans ce dernier exemple l'article *les* appartient au nom commun *poetes*, sous-entendu ; la phrase signifie : les poëtes nommés *Corneille, Molière, Racine,* etc.

147. — Les noms propres deviennent des noms communs, lorsqu'ils désignent non pas des personnes ainsi nommées, mais des personnes qui leur ressemblent par leurs qualités, leurs talents, etc. Dans ce cas ils prennent la marque du pluriel. Exemple : *Les* **Corneilles,** *les* **Molières,** *les* **Racines** *sont rares ;* c'est-à-dire les poëtes semblables à Corneille, à Molière, à Racine.

Pluriel des noms composés.

148. — Règle Générale. Dans les noms composés, il n'y a que le nom et l'adjectif qui puissent prendre la marque du pluriel ; tout autre mot, verbe, adverbe, préposition, reste invariable. Ainsi :

1° Si le nom composé est formé de deux noms ou d'un nom et d'un adjectif, les deux parties prennent la marque du pluriel : *Une reine-marguerite, des reines-marguerites; un chef-lieu, des chefs-lieux; une basse-cour, des basses-cours; un beau-père, des beaux-pères.*

Remarque. Si les deux noms sont unis par une préposition, le premier seul prend la marque du pluriel : *Un chef-d'œuvre, des chefs-d'œuvre; un arc-en-ciel, des arcs-en-ciel.*

2° Quand le nom composé est formé d'un nom et d'un verbe, ou d'un adverbe, ou d'une préposition, le nom seul prend la marque du pluriel : *Un avant-coureur, des avant-coureurs; un passe-port, des passe-ports* (Acad.).

3° Si dans le mot composé il n'entre ni nom, ni adjectif, aucune des parties ne prend la marque du pluriel. Exemples : *Un passe-partout, des passe-partout ; un ouï-dire, des ouï-dire.*

149. — Remarque. Il y a beaucoup d'exceptions indiquées par le sens du mot composé. Ainsi, l'on écrit : *Un hôtel-Dieu, des hôtels-Dieu;* c'est-à-dire, *des hôtels de Dieu.*

De même l'on écrit, tant au singulier qu'au pluriel :

Un *ou* des *serre-tête* (pour serrer *la* tête) ;
—   — *gagne-pain* (pour gagner *le* pain) ;
—   — *contre-poison* (remèdes contre *le* poison) ;
—   — *tête-à-tête* (entretiens où l'on est *tête* contre *tête,*
            c'est-à-dire *seul* à *seul*) ;
—   — *coq-à-l'âne* (discours sans suite où l'on saute du *coq* à
            l'âne) ;
—   — *couvre-pieds* (pour couvrir *les* pieds) ;
—   — *serre-papiers* (pour serrer *les* papiers) (Acad.) ;
—   — *cure-dents* (pour curer *les* dents) ;
—   — *essuie-mains* (pour essuyer *les* mains) (1).

CHAPITRE II.

ARTICLE.

150. — En général on doit répéter l'article devant chaque nom. On dit : **Les** *soldats et* **les** *officiers,* et non **les** *soldats et officiers.*

151. — On emploie *du, de la, des,* avant les noms pris dans un sens *partitif,* c'est-à-dire désignant une partie de la totalité. Dans ce cas, *du, de la, des,* peuvent se remplacer par *quelque, quelques.* Exemples : *Donnez-moi* **du** *pain ;* c'est-à-dire, *quelque* pain, une partie du pain entier. *Il a* **des** *plumes (quelques* plumes). *Il y avait* **des** *hommes et* **des** *enfants (quelques* hommes et *quelques* enfants).

152. — Mais *du, de la, des,* n'expriment point un sens partitif dans : *La parole* **du** *maître, le tour* **de** *la terre, le bonheur* **des** *hommes.*

153. — Si le nom pris dans un sens partitif est précédé d'un adjectif, on met *de* et non *du, de la, des,* devant cet adjectif. Exemples : *J'ai mangé* **de** *bon pain,* et non pas *du* bon pain. *Il a* **de** *bonnes plumes,* et non pas *des* bonnes plumes (2).

---

(1) L'Académie écrit **un** *couvre-pied,* **un** *cure-dent,* **un** *essuie-main,* et cependant elle définit ainsi ces mots : *couvre-pied,* sorte de petite couverture pour *les pieds ; cure-dent,* petit instrument dont on cure *les dents ;* au pluriel, des *cure-dents ; essuie-main,* linge qui sert à essuyer *les mains.* Elle n'indique pas le pluriel des noms *couvre-pied, essuie-main :* nous pensons avec tous les grammairiens que ces noms sont tout à fait dans l'analogie du nom composé *serre-papiers.*

(2) Ici comme dans beaucoup d'autres cas, nous donnons à l'élève la règle générale, et nous réservons les cas particuliers pour la Grammaire complète.

154. —Devant *plus*, *moins*, et *mieux*, l'article varie, si l'on exprime une comparaison : *La rose est la plus belle des fleurs ;* ici nous comparons la rose aux autres fleurs.

155. — Mais l'article reste invariable s'il n'y a point comparaison : *C'est le matin que cette fleur est le plus belle ;* c'est-à-dire, belle *au plus haut degré.*

On voit que dans ce cas *le plus, le mieux,* signifient *au plus haut degré ; le moins* signifie alors *au plus bas degré.*

156. — L'article est encore invariable lorsque *le plus, le mieux, le moins,* modifient un verbe ou un adverbe. Exemple : *C'est la fleur que j'aime le mieux ;* c'est-à-dire, *au plus haut degré.*

CHAPITRE III.

ADJECTIF.

Adjectifs invariables.

157. — Tout adjectif employé comme adverbe ne varie pas ; *Ces livres coûtent cher.*

158. — Les adjectifs *demi, nu, excepté, supposé, compris* et *passé,* ne varient pas lorsqu'ils sont placés avant le nom : *Une demi-heure, nu-pieds, excepté ces enfants, supposé cette chose, non compris l'artillerie, passé six heures.*

Ces mêmes adjectifs s'accordent avec le nom lorsqu'ils sont placés après lui : *Une heure et demie, pieds nus, ces enfants exceptés, cette chose supposée, l'artillerie non comprise, six heures passées.*

159. — REMARQUES. I. L'adjectif *demi* placé après le nom s'accorde en genre avec ce nom, mais il reste toujours au singulier : *Trois heures et demie ;* c'est-à-dire, trois heures et *une demie.*

II. Le mot *demi* employé comme nom est du féminin et prend la marque du pluriel ; *une demie, deux demies : Cette horloge sonne les demies.*

III. L'adjectif *nu,* quoique placé devant le nom s'accorde

avec lui s'il est précédé de l'article : *La* **nue** *propriété ;* c'est-à-dire, la propriété sans les revenus.

160. — L'adjectif *feu,* signifiant *défunt,* ne varie pas s'il n'est point placé immédiatement avant le nom, et s'accorde avec ce nom, si rien ne l'en sépare. Exemples : **Feu** *ma tante,* *ma* **feue** *tante.*

Adjectifs numéraux.

161. — Les adjectifs numéraux *vingt* et *cent* prennent une *s,* lorsqu'ils sont précédés d'un autre adjectif numéral qui les multiplie, comme dans **quatre-vingts** (quatre fois vingt), **six cents** *francs* (six fois cent francs). A moins cependant qu'ils ne soient suivis d'un adjectif numéral, comme dans *quatre-***vingt-*un,** *quatre-***vingt-*deux,** *six* **cent** *douze.*

162. — *Vingt* et *cent* ne prennent point la marque du pluriel, si l'adjectif numéral qui les précède ne les multiplie pas. Exemples : *Cent* **vingt** *hommes* (cent plus vingt), *mille* **cent** *ans avant* (mille plus cent).

163. — Ils sont encore invariables lorsqu'ils sont employés comme adjectifs numéraux ordinaux : *Page* **quatre-vingt,** *l'an* **six cent;** c'est-à-dire, page *quatre-vingtième,* l'an *six centième.*

164. — L'ajectif numéral *mille* est toujours invariable : *Quatre* **mille** *hommes.* Mais le mot *mille,* mesure de chemin, est nom et prend une *s* au pluriel : *Trois* **milles** *d'Angleterre font une lieue.*

Adjectifs possessifs.

165. —En général on doit répéter l'adjectif possessif devant chaque nom. Exemples : **Ses** *livres et* **ses** *plumes,* et non pas *ses* livres et plumes. *Ces enfants ont perdu* **leur** *père et* **leur** *mère,* et non pas *leur* père et mère.

166. — On dit, en mettant *leur* au singulier, **leur** père *et* **leur** mère, si les enfants dont on parle sont frères et sœurs; parce que dans ce cas il n'y a qu'un seul père et qu'une seule mère. Autrement il faudrait écrire : *Ces enfants ont perdu* **leurs** pères *et* **leurs** mères, en mettant *leurs*

et les noms *pères, mères* au pluriel, parce qu'alors il y aurait plusieurs pères et plusieurs mères.

Un moyen facile de savoir s'il faut mettre *leur* et le nom au singulier ou au pluriel, c'est de remplacer *leur* par l'article, en mettant *d'eux* ou *d'elles* après le nom; l'adjectif *leur* devra être au singulier ou au pluriel, suivant que l'article et le nom seront eux-mêmes au singulier ou au pluriel. Ainsi j'écrirai : *Pierre et sa sœur se sont retirés dans* **leur** maison (dans *la maison* d'eux). *Tous les habitants du village sortirent de* **leurs** maisons (*des maisons* d'eux).

167. — REMARQUE. *Leur* est toujours du singulier devant certains noms qui s'emploient nécessairement au singulier, comme *santé, conduite.* Exemples : *Ils nous ont donné des nouvelles de* **leur** santé (de *la* santé *d'eux*). *Je n'approuve point* **leur** conduite (*la* conduite *d'eux*). On dit de même : *Mes amis, donnez-nous des nouvelles de* **votre** santé, et non pas *de vos santés.*

168. — On emploie *son, sa, ses, leur* pour indiquer ce qui appartient à *une chose,* toutes les fois que ce nom de chose est exprimé dans la même phrase comme sujet du verbe. Exemple : Paris *a* **ses** *agréments.* Les agréments de qui ? *de Paris,* sujet de la phrase dans laquelle on emploie l'adjectif *ses.*

169. — Mais si le nom de chose n'est pas exprimé dans la même phrase comme sujet, on emploie le pronom *en* devant le verbe, et au lieu de *son, sa, ses,* on met l'article. Ainsi en parlant de Paris, on dira : *J'*en *admire* **les** *monuments;* **les** *promenades* **en** *sont belles;* et non pas, j'admire *ses* monuments, *ses* promenades sont belles.

170. — REMARQUE. Cependant, quoique le nom de chose ne soit pas sujet de la phrase, on doit mettre *son, sa, ses* dans cette même phrase, et non le pronom *en,* 1° lorsque *son, sa, ses* déterminent le *sujet* d'un verbe *attributif;* ainsi en parlant de Paris, on dira : **Ses** *promenades* attirent *la foule,* et non pas *les promenades* en *attirent la foule.*

2° Lorsque *son, sa, ses* est régi par une préposition; exemple : *J'admire la beauté* de **ses** *monuments.*

Adjectifs indéfinis.

171. — **Même** est adjectif et par conséquent variable, ou adverbe et par conséquent invariable.

Il est adjectif et exprime l'identité ou la ressemblance, 1° quand il est immédiatement avant un nom ou après un pronom : *Ce sont les* **mêmes** *personnes. Ce sont* elles-mêmes **;** 2° en général lorsqu'il est après un seul nom : *Ce sont ces hommes* **mêmes** *que j'ai vus*, c'est-à-dire, ces hommes *eux-mêmes*.

172. — *Même* est adverbe et signifie *aussi, encore, de plus,* 1° lorsqu'il modifie un verbe : *Vous finirez* **même** *par tomber*, c'est-à-dire, vous finirez *aussi*; 2° lorsqu'il est placé après plusieurs noms : *Les vieillards, les femmes, les enfants* **même** *ne furent pas épargnés*, c'est-à-dire, les enfants *aussi, pas même* les enfants.

173. — **Tout** est adjectif lorsqu'il exprime l'idée de totalité : **Tous** *les hommes sont mortels*. Je connais **toute** *l'affaire*.

174. — *Tout* est adverbe et dès lors invariable, quand il signifie *tout à fait, entièrement, quoique*. Exemples : *Nos vaisseaux sont* **tout** *prêts* (*tout à fait* prêts); *nous sommes* tout *oreilles* (*entièrement* oreilles); *elle est* **tout** *étonnée* (*tout à fait* étonnée); **tout** *utile qu'elle est, la richesse ne fait pas le bonheur* (*quoiqu'*elle soit utile, etc.).

EXCEPTION. *Tout*, quoique adverbe, varie devant un adjectif féminin commençant par une consonne ou par une *h* aspirée. Exemples : *Elle était* **toute** *stupéfaite,* **toute** *honteuse de la faute qu'elle a commise. Ces fleurs,* **toutes** *belles qu'elles sont, ne me plaisent point.*

175. — On écrit **quel** que en deux mots et **quelque** en un seul mot.

On écrit *quel que* en deux mots devant un verbe; le mot *quel* est alors adjectif et s'accorde avec le sujet. Exemples : **Quels** que *soient les humains, il faut vivre avec eux. Il faut donner des raisons,* **quelles** qu'*elles puissent être.*

176. — On écrit *quelque* en un seul mot devant un nom;

un adjectif ou un adverbe ; mais alors *quelque* est adjectif et par conséquent variable, ou bien adverbe et invariable.

1° *Quelque* est adjectif quand il précède immédiatement un nom ou bien un adjectif, suivi lui-même d'un nom : *J'ai rencontré* **quelques** *personnes. Pouvez-vous me prêter* **quelques** *bons livres?*

Il faut excepter cependant le cas où *quelque*, suivi d'un adjectif et d'un nom , a le sens de *quoique* , car alors il est adverbe et invariable. Exemple : **Quelque** *bons musiciens qu'ils soient*; c'est-à-dire, *quoiqu'ils soient* bons musiciens.

2° *Quelque* est adverbe et dès lors invariable devant un adjectif non suivi d'un nom, ou bien lorsqu'il modifie un adverbe : il signifie alors *quoique*. Exemples : **Quelque** *étourdies qu'elles soient* (*quoiqu'*elles soient étourdies); **quelque** *adroitement qu'ils s'y prennent , ils n'en viendront pas à bout* (*quoiqu'*ils s'y prennent adroitement, etc.).

177. — REMARQUE. *Quelque* est encore adverbe dans le sens *d'environ : Nous avons perdu* **quelque** *trois cents hommes.*

CHAPITRE IV.

PRONOM.

Pronoms personnels.

178. — **Vous,** employé pour *tu*, veut le verbe au pluriel ; mais l'adjectif suivant reste au singulier. Exemple : *Mon fils,* **vous** serez **estimé** *si* **vous** êtes **sage.**

177. — Le pronom **le, la, les,** lorsqu'il tient la place d'un nom ou d'un adjectif pris substantivement , est variable; c'est-à-dire qu'il s'accorde avec ce nom en genre et en nombre. Il signifie alors *lui, elle, eux, elles.* Exemple : *Madame,* êtes-vous la malade? *Oui, je* **la** *suis* ; c'est-à-dire, je suis *elle,* la malade.

Mais le pronom *le* ne varie pas, lorsqu'il rappelle l'idée d'un adjectif ou d'un nom pris adjectivement. Il signifie alors *cela*, ou *tel, telle*. Exemples : *Madame, êtes-vous* malade? *Oui, je* le *suis*; c'est-à-dire, je suis *cela*, je suis *telle*, malade. *Ces deux villes étaient des* places fortes, *et elles ne* le *sont plus* (elles ne sont plus *cela*, des places fortes).

180. — REMARQUE. Le pronom *le* ne varie pas non plus lorsqu'il tient la place d'un verbe ou d'une phrase entière; dans ce cas il signifie aussi *cela*. Exemple : *Il faut* s'accommoder *à l'humeur des autres autant qu'on* le *peut* (autant qu'on peut faire *cela*, s'accommoder).

181. — Le pronom **soi** s'emploie, au lieu de *lui, elle,* pour rappeler l'idée d'un nom de chose figurant comme sujet; mais il est seulement du singulier. Ainsi l'on dira bien : *Cette faute entraîne après* **soi** *les regrets ;* mais il faut dire : *Les fautes entraînent après* **elles** *les regrets.*

182. — En parlant des personnes, il ne faut employer le pronom *soi* que lorsqu'il se rapporte à un pronom indéfini, comme *on, personne, quiconque, chacun,* ou à un infinitif. Exemples : *On ne doit jamais parler de* **soi**. Chacun *songe à* **soi**. *N'aimer que* **soi**, *c'est être mauvais citoyen.*

183. — En général, lorsqu'on parle des animaux ou des choses, il faut se servir des pronoms *en, y,* et non des pronoms *lui, elle, eux, elles,* précédés d'une préposition. Dites: *Cet* animal *est méchant, n'*en *approchez pas,* et non n'approchez pas *de lui. Cette* table *est encore bonne, j'*y *ferai mettre un pied,* et non je *lui* ferai mettre un pied.

Pronoms démonstratifs.

184. — Le pronom *ce* devant le verbe *être,* veut ce verbe au singulier, excepté lorsqu'il est suivi de la troisième personne du pluriel. On dit : **C'**est *moi,* c'est *toi,* c'est *lui,* c'est *nous,* c'est *vous qui*; mais il faut dire : **Ce** sont *eux,* **ce** sont *vos ancêtres qui ont bâti cette maison,* et non *c'est* eux, *c'est* vos ancêtres.

185. — Après les pronoms *celui, celle, ceux, celles,* il ne faut point mettre immédiatement un adjectif ou un participe; par exemple, dites : *De tous ces moyens, n'employez*

que ceux **qui** *sont raisonnbles*, ceux **qui** *sont approuvés par la raison*, et non pas, *ceux raisonnables, ceux approuvés par la raison.*

186. — **Celui-ci, celui-là,** s'emploient de cette manière : *celui-ci*, pour la personne ou la chose nommée la dernière ; *celui-là*, pour la persoune ou la chose nommée la première. Exemple : *Héraclite* et *Démocrite étaient d'un caractère bien différent ;* **celui-ci** (Démocrite) *riait toujours* ; **celui-là** (Héraclite) *pleurait sans cesse.*

187. — **Ceci** désigne une chose plus proche, **cela** désigne une chose plus éloignée. Exemple : *Je n'aime pas* **ceci**, *donnez-moi* **cela**.

Pronoms conjonctifs.

188. — Le pronom conjonctif **qui** est toujours de la même personne et du même nombre que son antécédent. Ainsi il faut dire : *C'est* moi **qui** *suis le premier ; c'est* toi **qui** *as fait cela,* et non pas : *C'est moi qui est, c'est toi qui a fait.*

189. — *Qui,* précédé d'une préposition, ne peut se dire que des personnes ou des choses personnifiées, comme dans ces exemples : *L'enfant* **à qui** *tout cède est le plus malheureux. Rochers,* à **qui** *je me plains.* Mais il faut dire : *Les* sciences **auxquelles** *je m'applique,* et non pas, *les sciences à qui.*

190. — Ne dites pas : *C'est à vous* **à qui** *je parle, c'est* de vous **dont** *il s'agit* ; dites : *C'est* à vous **que** *je parle, c'est* de vous **qu'il** *s'agit* : le verbe ayant déjà pour complément indirect *à vous* ou *de vous,* ne doit pas en avoir un second, *à qui* ou *dont.*

Remarque. On dira très-bien : *C'est vous* **à qui** *je parle, c'est* vous **dont** *il s'agit* : ici, en effet, il n'y a qu'un complément indirect *à qui* ou *dont.*

191. — Avec les verbes *descendre, sortir,* on emploie *d'où* lorsqu'on veut exprimer l'action de descendre, de sortir d'un lieu : *Le mur* **d'où** *il descend ; la chambre* **d'où** *nous sortons.* Mais on emploie *dont* pour exprimer l'idée d'*être né, d'être*

4.

issu; exemples : *Les héros* **dont** *elle descend; La famille* **dont** *elle sort est honorable.*

Pronoms indéfinis.

192. — Le pronom **on** est du masculin singulier, mais quand il désigne nécessairement une femme, l'adjectif qui s'y rapporte se met au féminin. Exemple : **On** *n'est pas plus* douce *que cette dame.*

193. — Remarque. Entre le pronom *on* et le verbe *être,* ou tout autre verbe commençant par une voyelle, il ne faut pas omettre la négation *ne,* si la phrase doit être négative. Il faut écrire : *On n'est pas toujours heureux,* avec la négation, et *On est souvent trompé,* sans la négation. Pour reconnaître s'il faut ou non la négation *ne,* il suffit de remplacer *on* par un autre pronom ; par exemple : *Je ne suis pas toujours heureux* ; il est *souvent trompé.*

194. — Le pronom indéfini **personne** est du masculin singulier ; on dit : *Je ne connais* personne *d'aussi* **heureux** *que cette femme.* (Acad.). Mais *personne* employé comme nom est du féminin : **Cette** personne *est très-heureuse.*

195. — Après le pronom **chacun** on emploie *son, sa, ses,* ou bien *leur.*

On met *son, sa, ses,* lorsque *chacun* est placé après le complément direct du verbe. Exemple : *Remettez ces livres,* chacun *à sa place.*

On met *leur* quand le pronom *chacun* est placé entre le verbe et son complément direct : *Ils ont récité,* chacun, **leur** leçon.

196. — **L'un l'autre, les uns les autres, l'un à l'autre,** etc., expriment la réciprocité : *Pierre et Paul se soutenaient* **l'un l'autre** (l'un soutenait l'autre) ; *ils ne se nuisaient pas* **l'un à l'autre** (l'un ne nuisait pas à l'autre).

197. — **L'un et l'autre, les uns et les autres,** n'expriment point la réciprocité, mais seulement l'idée de deux ou de plusieurs personnes, de deux ou de plusieurs choses. Exemple : *Pierre et Paul sont sortis* **l'un et l'autre.**

CHAPITRE V.

VERBE.

Nombre du verbe après un nom collectif ou un adverbe de quantité.

198. — Le verbe ayant pour sujet un nom collectif suivi d'un complément, s'accorde avec ce collectif ou avec ce complément, suivant que le collectif est *général* ou *partitif.*

199. — Le collectif est *général,* lorsqu'il exprime la collection entière ; il est alors ordinairement précédé de l'article *le, la, les.* Exemples : **La foule** *des humains* ; la **multitude** *des étoiles.*

200. — Le collectif est *partitif,* lorsqu'il n'exprime qu'une partie de la collection ; il est alors ordinairement précédé de *un, une.* Exemples : **Une foule** *d'hommes* ; **une multitude** *d'étoiles.*

201. — RÈGLES. I. Le verbe s'accorde avec le collectif général : **La foule** des humains **est** *sous la puissance de Dieu.*

II. Mais si le collectif est partitif, le verbe s'accorde avec le complément de ce collectif : **Une foule** d'hommes **sont** *sans instruction* (1).

202. — Les adverbes de quantité, les locutions *bien des, la plupart des, la plus grande partie des,* suivent cette dernière règle : **Beaucoup** d'hommes **sont** *dans l'erreur ;* **bien des** gens *n'ont pas assez de charité ;* la **plupart** *des* enfants **sont** *légers.*

REMARQUE. Le verbe s'accorde avec le complément, même lorsque ce complément est sous-entendu. Exemple : **La plupart sont** *légers,* c'est-à-dire *la plupart* des enfants.

Compléments du verbe.

203. — Plusieurs verbes peuvent avoir un complément

---

(1) Ces règles admettent des exceptions qui, par leur nature métaphysique, ne seraient point à leur place dans une Grammaire élémentaire. On les trouvera dans la Grammaire complète.

commun, pourvu que ces verbes n'exigent pas un complément de nature différente. Ainsi l'on dira bien : *Ce général* attaqua *et* prit **la ville;** parce que les verbes *attaqua* et *prit* peuvent avoir l'un et l'autre pour complément direct *la ville.*

204. — Mais si les verbes exigent des compléments de nature différente, il faudra donner à chacun d'eux le complément qui lui convient. Ainsi l'on ne dira pas : *Ce général* attaqua *et* s'empara **de la ville,** parce que le verbe *attaqua* ne peut avoir pour complément *de la ville*; il faudra dire: *Ce général* attaqua **la ville** *et s'en* empara.

On dira de même : *On le voit tous les jours* aller **à la campagne** *et* **en** revenir, et non pas : *On le voit tous les jours* aller *et* revenir **de la campagne.**

205. — REMARQUE. Celte règle s'applique aussi aux adjectifs et aux prépositions. On ne dira donc pas : *Il est* utile *et* chéri **de sa famille;** parce que l'adjectif *utile* ne peut avoir pour complément *de sa famille*; on ne dira pas non plus : *Il a parlé* contre *et* en faveur **de mon projet,** parce que *de mon projet* ne peut être régi par la préposition *contre.* Il faudra dire : *Il est* utile **à sa famille** *et en est* chéri, ou bien : *Il est* utile *et* cher **à sa famille;** *il a parlé* pour *et* contre **mon projet.**

206. — On ne doit pas donner à un verbe un complément qui ne lui convient pas. C'est donc mal parler que de dire : *Je ne* pardonne *pas* **les gens** *qui se* nuisent **les uns les autres;** *non, je ne* **les** *pardonne pas :* car on pardonne *aux* personnes et non pas *les* personnes; et quand des gens se nuisent réciproquement, les uns nuisent *aux* autres; il faudra donc dire : *Je ne pardonne pas* **aux** *gens qui se nuisent les uns* **aux** *autres; non, je ne* **leur** *pardonne pas.*

Emploi des modes et des temps.

Emploi de quelques temps de l'indicatif et du conditionnel.

207. — Le **présent** de l'*indicatif* s'emploie pour le **passé** ou pour le **futur,** lorsqu'on veut donner plus de vivacité à l'ex-

pression. Exemples : *Turenne* **meurt,** *tout se* **confond,** *la fortune* **chancelle,** *la victoire se* **lasse.** *Monsieur, je vous* **attends** *demain.*

REMARQUE. Dans ce cas on doit mettre au *présent* tous les verbes qui expriment les actions successives concourant à former le tableau général. Ainsi ce serait mal de dire, en sautant du présent au passé : *Turenne* **meurt,** *tout se* **confondit,** *la fortune* **chancelle.**

208. — On ne doit se servir du **passé défini** que quand il s'agit d'un temps complétement écoulé et dont il ne reste plus rien, comme *j'*étudiai *hier, la semaine dernière, l'an passé.* Mais ne dites pas : J'étudiai *aujourd'hui, cette semaine, cette année,* parce que le jour, la semaine, l'année, ne sont pas encore passés ; dites, avec le *passé indéfini,* J'ai étudié *aujourd'hui, cette semaine, cette année.*

Ne dites pas non plus, j'**étudiai** *ce matin,* mais j'ai **étudié** *ce matin* ; il faut, pour l'emploi du passé défini, qu'il y ait au moins l'intervalle d'un jour.

209. — Le **passé indéfini** s'emploie indifféremment pour un temps passé, entièrement écoulé ou non. On dit également bien : J'ai **étudié** *ce matin,* j'ai **étudié** *hier,* j'ai **étudié** *cette semaine,* j'ai **étudié** *la semaine dernière.*

210. — Dans les verbes conjugués interrogativement, il faut bien se garder de confondre le futur de l'indicatif avec le conditionnel présent, et d'écrire par exemple : **Aurais**-je fini *avant lui?* au lieu de **aurai**-je fini? ou encore : **Aurais**-je fait *quelque sottise?* pour **aurais**-je fait?

On doit mettre le verbe au conditionnel, 1° quand la phrase renferme une condition : **Aurais**-je fait *cela, si vous ne me l'aviez commandé?* 2° lorsque l'on regarde la chose comme n'étant pas possible, ou que l'on serait fâché qu'elle fût ; exemples : **Pourrais**-je *ne pas l'aimer!* c'est-à-dire, *il est impossible* que je ne l'aime pas : **Aurais**-je *fait quelque sottise? j'en serais bien fâché.*

Du reste, il n'y a qu'à mettre le verbe à une autre personne, par exemple à la première du pluriel, pour voir si ce verbe doit être au futur ou au conditionnel. Ainsi l'on écrira au fu-

tur : **Aurai-**je fini *avant lui?* car au pluriel on dirait, **aurons-**
nous fini? Et l'on écrira au conditionnel : **Aurais-**je fait *quelque sottise?* car au pluriel on dirait, **aurions-**nous fait, *est-ce
que nous* **aurions** fait?

Du subjonctif.

Emploi du mode subjonctif.

211. — Le *subjonctif* est le mode du doute, et dépend,
comme nous l'avons dit (page 22), d'un autre verbe exprimé
ou sous-entendu.

212. — Règles. I. On emploie le mode subjonctif après les
verbes qui expriment le doute, l'incertitude, l'interrogation,
le désir, la volonté, la supposition, la surprise, la crainte, etc.
Exemples :

Je doute	
Pensez-vous	
Croyez-vous	
Je désire	qu'il parte ;
Je prétends	
Je veux	
Supposez	
Je suis étonné	
Je crains qu'il ne parte.	

Remarque. Après quelques-uns de ces verbes on met l'indicatif au lieu du subjonctif, lorsque la chose dont il s'agit,
bien loin d'être douteuse, est au contraire certaine, in-
contestable. Exemple : *Je* prétends *que trois et deux* **font**
cinq.

II. On emploie le subjonctif, après les verbes accompagnés
d'une négation, lorsqu'il y a doute, incertitude. Exemples : *Je* ne crois pas, *je* ne pense *pas, je* ne vois pas *qu'il*
parte.

Mais s'il n'y a point de doute ni d'incertitude sur la réalité
de la chose, on met l'indicatif. Exemples : *Je* n'ignore pas
qu'il **a voulu** *me nuire* (Acad.). *Qui* ne voit *que l'esprit de
séduction s'est* **saisi** *de leur cœur?* (Bossuet.)

III. Après les impersonnels *il faut, il est nécessaire,
il convient , il importe, il est possible ,* et tous ceux qui

expriment quelque chose de douteux, d'incertain. Exemples :

Il faut	
Il est nécessaire	
Il convient	qu'il parte.
Il importe	
Il est possible	
Il semble	

Mais on dira avec l'indicatif : Il est certain *qu'il* **fait** *jour* ; il résulte *de là*, il s'ensuit *que l'affaire* **est** *bonne* ; il est évident *que deux et deux* **font** *quatre* ; il y a *vingt ans que je le* **connais** ; parce que toutes ces choses sont certaines et ne présentent aucun doute.

IV. On met aussi le subjonctif après les expression *qui que*, *quoi que*, *quelque que*, etc., et après plusieurs conjonctions, entre autres *afin que*, *à moins que*, *avant que*, *quoique*, etc. Exemples : Qui que *ce* **soit**, quoi que *vous* **disiez**, quelque *puissant* qu'*il* **soit**, à moins que *vous ne* **veniez**, avant qu'*il* **vienne**, quoique *le temps* **soit** mauvais.

Emploi des temps du subjonctif.

REMARQUE. Quoi qu'en disent la plupart des grammairiens, tous les temps du subjonctif peuvent s'employer, quel que soit le temps ou le mode du premier verbe ; c'est ce qui est pleinement démontré par le bon usage et par une multitude d'exemples pris dans nos meilleurs écrivains. Pour l'emploi des temps du subjonctif, on ne peut donc pas se guider sur le temps du verbe précédent : il faut voir d'abord si l'on veut exprimer un présent, un passé ou un futur ; puis on doit observer la correspondance des temps du subjonctif avec ceux de l'indicatif et du conditionnel. La seule règle à suivre est alors celle-ci :

213. — Voyez à quel temps de l'indicatif ou du conditionnel vous mettriez le second verbe, si la phrase exigeait l'indicatif ou le conditionnel, et mettez le temps correspondant du mode subjonctif.

214. — Voici la correspondance des temps du subjonctif avec ceux de l'indicatif et du conditionnel :

SUBJONCTIF.	INDICATIF *et* CONDITIONNEL.
Le *présent* correspond..	au *présent* de l'indicatif
	au *futur* de l'indicatif
L'*imparfait* correspond..	à l'*imparfait* de l'indicatif
	au CONDITIONNEL *présent*

Le *passé* du subjonctif corres-
pond. . . . .   au *passé défini*
au *passé indéfini*
au *futur antérieur*

Le *plus-que-parfait* correspond   au *plus-que-parfait* de l'indicatif
au CONDITIONNEL *passé*

Ainsi l'on dira :

AU SUBJONCTIF : parce que l'on dirait à l'INDICATIF ou au

CONDITIONNEL :

Présent. Je ne crois pas qu'il *vienne* maintenant.

Je ne crois pas qu'il *vienne* demain.

Il faudra qu'il *vienne.*

Imparfait. Je ne crois pas qu'il *vînt* tous les jours, comme vous le prétendez.

Je ne crois pas qu'il *osât* venir, si on le lui défendait.

Passé. Je ne crois pas qu'il *soit venu* hier soir.

Vous m'appellerez, mais d'abord il faut, il faudra qu'il *soit venu.*

Plus-que-parfait. Je ne croyais pas qu'il *fût venu* tous les jours, comme vous l'assuriez.

Je ne crois pas qu'il *fût venu* plus tôt, même sans cette affaire qui l'a retenu.

Indic. présent. Je crois qu'il *vient* maintenant.

Futur. Je crois qu'il *viendra* demain.

Il *viendra,* il le faut.

Imparfait. Je crois qu'il *venait* tous les jours, comme vous le prétendez.

Condit. présent. Je crois qu'il n'*oserait* pas venir, si, etc.

Passé défini. Je crois qu'il *vint* hier soir.

Passé indéfini. Je crois qu'il *est venu* hier.

Futur antérieur. Vous m'appellerez quand il *sera venu.*

Plus-que-parfait. Je crois qu'il *était venu* tous les jours, comme vous l'assuriez.

Condit. passé. Je crois qu'il *serait venu* plus tôt, sans cette affaire qui l'a retenu.

215. — Les exemples ci-dessus prouvent que tous les temps du subjonctif peuvent se mettre après un verbe au présent de l'indicatif. Il en serait de même après un verbe au futur ou au conditionnel (1). Voici toutefois deux remarques importantes :

216. — REMARQUES. I. Après un conditionnel optatif, c'est-à-dire exprimant un désir, un vœu, il faut mettre l'imparfait et non le présent du subjonctif. Dites : *Je* voudrais *qu'ils* **vinssent**, et non *Je voudrais qu'ils* viennent. *Je* désirerais *qu'il* **apportât** *plus de soins à cette affaire*, et non *Je désirerais*

(1) Pour ne citer que quelques exemples, on dit, après un *passé* : *Je n'ai pu encore aller a Livry, quelque envie que j'en aie* (Madame de Sévigné) ; *Ils voulurent que tout leur cédât* (Bossuet). Après un *futur* : *Il faudra qu'il* vienne ; *Je ne croirai jamais qu'ils allassent ainsi chaque jour*, etc., *Eh bien !* j'admettrai *qu'il soit venu*, etc. Après un *conditionnel* : *Douteriez-vous qu'ils vinnent demain ? qu'ils vinssent s'ils le pouvaient ? qu'ils soient venus hier ? qu'ils fussent venus, s'ils l'avaient pu ?*

qu'il apporte. *Il* faudrait *que les enfants* **écoutassent** *les grandes personnes.*

II. Après un passé on met l'imparfait ou tout autre temps passé du subjonctif, suivant le cas, lorsqu'on parle d'une chose passée. Exemple : *Dieu* a permis *que les Romains* **soumissent** *la Judée*; *il* a voulu *qu'elle* **fût soumise** *avant l'arrivée du Christ.*

247. — Mais si l'on veut exprimer une chose présente, future ou vraie dans tous les temps, on met le second verbe au présent de subjonctif. Exemples : *Je n'ai pu sortir encore, quelque envie que j'en* **aie** (actuellement). *J'ai douté qu'il* **vienne** *demain, je n'en doute plus. Dieu* a voulu *que la terre* **produise** *tous les ans les moissons.*

CHAPITRE VI.

PARTICIPE.

218. — Le participe est, avons-nous dit, un mot qui tient de la nature du verbe et de celle de l'adjectif. Nous pouvons établir d'abord cette *règle générale :*

219. — *Le participe* **ne varie point,** *lorsqu'il est employé comme* verbe; *il* **varie,** *lorsqu'il est employé comme* adjectif.

Participe présent.

220. — Le *participe présent* est verbe et, par conséquent, ne varie pas :

1° Lorsqu'il est précédé de la préposition *en.* Exemples : *Elle est tombée* en **courant**; *elles sont tombées* en **courant**;

2° Lorsqu'il est accompagné d'un complément direct. Exemples : *Des enfants* **caressant** leur mère (*leur mère*, complément direct de *caressant*). *C'est une excellente personne,* **obligeant** tout le monde *quand elle le peut* (*tout le monde*, complément direct d'*obligeant*) ;

3° Lorsqu'il exprime une action et qu'il peut être remplacé

par un autre temps du verbe. Exemple : *Je les ai vues* courant *vers le jardin;* on peut dire : Je les ai vues, *elles cou-
raient* vers le jardin.

221. — Le *participe présent* est adjectif, et dès lors il s'accorde avec le nom ou le pronom auquel il se rapporte :

1° Lorsqu'il est construit avec le verbe *être*. Exemples :
Cette personne est **obligeante ;** *ces personnes sont* **obligeantes ;**

2° Lorsqu'il peut être construit avec le verbe *être*. Exemple : *Ce sont des personnes* **obligeantes;** on peut dire : Ce
sont des personnes qui *sont obligeantes.*

REMARQUE. Les participes présents *ayant* et *étant* sont invariables.

Participe passé.

222. — Le *participe passé* s'emploie sans auxiliaire, ou
bien il est construit avec l'auxiliaire *être* ou avec l'auxiliaire
avoir.

1er cas : PARTICIPE PASSÉ EMPLOYÉ SANS AUXILIAIRE OU CONSTRUIT AVEC
L'AUXILIAIRE *ÊTRE.*

223. — Le participe passé employé sans auxiliaire, ou construit avec l'auxiliaire *être*, est toujours adjectif et s'accorde en
genre et en nombre avec le nom ou le pronom auquel il se
rapporte. Exemples :

Sans auxiliaire.	Avec l'auxiliaire ÊTRE.
Un enfant PUNI.	*Cet enfant* est PUNI.
Des enfants PUNIS.	*Ces enfants* sont PUNIS.
Une robe DÉCHIRÉE.	*Cette robe* était DÉCHIRÉE.
Des robes DÉCHIRÉES.	*Ces robes* avaient été DÉCHIRÉES.
Une maison solidement CON-STRUITE.	*J'ai vu votre maison, elle* est so-lidement CONSTRUITE.

224. — REMARQUE. L'accord du participe passé avec son
sujet a lieu, même lorsque ce sujet est placé après lui. Exemple : *Voici la place où* fut **construite** la cabane *des nau-
fragés.*

2e cas : PARTICIPE PASSÉ CONSTRUIT AVEC L'AUXILIAIRE *AVOIR.*

Il y a deux règles.

225. — PREMIÈRE RÈGLE. Le *participe passé* construit avec *avoir* ne varie point, si son complément direct est placé après lui. Exemples :

Mon père A ÉCRIT des lettres. *Ma mère* A ÉCRIT des lettres.
Mes frères ONT ÉCRIT des lettres. *Mes sœurs* ONT ÉCRIT des lettres.

Le participe *écrit* ne varie point, parce que le complément direct *des lettres* est placé après lui.

226. — SECONDE RÈGLE. Le *participe passé* construit avec *avoir* s'accorde avec son complément direct, lorsque ce complément le précède. Exemples :

La lettre que *vous* avez ÉCRITE.

Le participe *écrite* s'accorde avec son complément direct *que*, mis pour *laquelle lettre,* parce que ce complément est placé avant le participe.

Les lettres que *vous* avez ÉCRITES.

Le participe *écrites* s'accorde avec son complément direct *que*, mis pour *lesquelles lettres,* parce que ce complément le précède.

227. — Par la même raison, le participe passé s'accorde avec son complément direct dans les phrases suivantes :

La lettre que *vous* avez APPORTÉE, *je* l'ai LUE.
Les livres que *j'*avais PRÊTÉS, *on* les a RENDUS.
Quelle affaire avez-*vous* ENTREPRISE ?
Combien d'ennemis *n'*a-*t-il* pas VAINCUS !

228. — REMARQUE. Le complément direct précédant le participe est ordinairement l'un des pronoms *que, me, te, se, le, la, les, l', nous, vous.*

APPLICATIONS PARTICULIÈRES DES DEUX RÈGLES DU PARTICIPE PASSÉ
CONSTRUIT AVEC *AVOIR*.

Participe passé des verbes intransitifs.

229. — Le participe passé des verbes intransitifs ou employés comme tels, lorsqu'il est construit avec *avoir*, ne varie jamais. Exemples : *Il a* **couru;** *elle a* **couru.** *Ils* ont **parlé** *longtemps; elles* ont **parlé** *longtemps. Il a beaucoup* **étudié;** *elle a beaucoup* **étudié.**

REMARQUES. I. Certains verbes sont employés, tantôt comme verbes transitifs, tantôt comme verbes intransitifs.

Lorsqu'ils sont employés comme verbes transitifs, ils ont un complément direct, et leur participe passé suit les règles du participe construit avec *avoir*. Ainsi l'on écrira avec accord : *Cet homme nous* **a** *fidèlement* **servis;** c'est-à-dire, a servi *nous* (complément direct).

Mais lorsqu'ils sont employés comme verbes intransitifs, ils n'ont pas de complément direct, et leur participe ne varie point. Ainsi l'on dira sans accord : *Leurs fautes* nous **ont servi** *à les mieux connaître ;* c'est-à-dire, ont servi *à nous* (complément indirect).

II. Les verbes *vivre, dormir, régner,* sont toujours intransitifs, quoiqu'ils paraissent quelquefois être employés comme verbes transitifs; leur participe passé ne varie donc jamais. Exemples : *Les années* qu'*elle a* **vécu** : c'est-à-dire, *pendant lesquelles* elle a vécu; *les heures* qu'*ils* ont **dormi** *(pendant lesquelles* ils ont dormi); *les. six ans* qu'*il a* **régné** *(pendant lesquels* il a régné).

Participe passé des verbes impersonnels.

230. — Les verbes impersonnels sont intransitifs, même lorsqu'ils viennent d'un verbe transitif; leur participe passé ne varie donc jamais. Exemples : *La disette* qu'il y a **eu** ; *les grandes chaleurs* qu'il a **fait.**

Participe passé suivi d'un infinitif.

231. — Le participe passé immédiatement suivi d'un infinitif varie si le pronom qui le précède est complément direct de ce participe; il ne varie pas si ce pronom est complément de l'infinitif.

1° Le pronom est complément direct du participe, lorsqu'on peut remplacer l'infinitif par un autre temps. Exemples :

> *Cette dame peint très-bien ; je* L'ai VUE *peindre.*
> *Je* LES ai ENTENDUS *blâmer cette·action.*

(C'est-à-dire : *Je l'ai vue quand elle peignait; je les ai entendus, ils* blâmaient *cette action.*)

2° Le pronom est complément de l'infinitif, lorsque cet infinitif ne peut être remplacé que par un temps du verbe passif. Exemples :

Cette dame se fait peindre ; je L'*ai* VU *peindre.*
Je LES *ai* ENTENDU *blâmer par leurs parents.*

(C'est-à-dire : *J'ai vu qu'elle* était peinte ; *j'ai entendu qu'ils* étaient blâmés.)

232. — REMARQUES. I. Le participe *fait*, immédiatement suivi d'un infinitif, ne varie jamais. Exemples : *Les ordres que j'ai* **fait** *exécuter* ; *les maisons qu'il a* **fait** *construire.*

II. Le participe passé ne varie point, lorsqu'on sous-entend après lui un infinitif ou un verbe à un autre temps. Exemples : *Je lui ai rendu tous les services* que j'ai **pu** *et* que j'ai **dû** (sous-entendu, *lui rendre*). *J'ai fait toutes les commissions* qu'*il a* **voulu** (sous-entendu, *que je fisse*).

Participe passé suivi d'une préposition et d'un infinitif.

233. — Lorsque l'infinitif qui vient après le participe est précédé d'une préposition, il faut, comme dans les exemples précédents, voir si le pronom est complément direct du participe ou de l'infinitif.

S'il est complément du participe, le participe varie ; s'il est complément de l'infinitif, le participe ne varie pas. Exemples :

Il comprend la faute qu'*il a* **faite** *d'être parti sans vous avoir vu* (c'est-à-dire, la faute *laquelle faute* il a *faite* ; le pronom *que* est complément direct de *a faite*).

C'est la route que *j'ai* **résolu** *de suivre* (c'est-à-dire, *laquelle route* je veux suivre ; je n'ai pas résolu *la route* ; j'ai résolu *de suivre la route* : ainsi le pronom *que* est complément direct de l'infinitif *suivre* et non du participe *résolu*).

Participe passé entre deux QUE.

234. — Tout participe passé entre deux *que* ne varie point ; exemple : *La lettre* que *j'ai* **présumé** que *vous recevriez.*

Le premier *que* est pronom, et il est complément direct non du participe, mais du verbe qui suit ce participe : en effet, cette phrase ne signifie pas : *j'ai présumé* la lettre ; elle signifie : *j'ai présumé que vous* recevriez la lettre (1).

---

(1) Les élèves feront bien d'éviter l'emploi du participe entre deux *que*, une telle construction rend la phrase lourde. Il vaut mieux dire : *La lettre que, selon mes prévisions, vous deviez recevoir.*

Participe passé ayant pour complément le pronom LE signifiant CELA.

235. — Le participe passé ne varie pas lorsqu'il a pour complément direct le pronom *le* rappelant un membre de phrase et signifiant *cela*. Exemple : *La flotte n'était pas aussi nombreuse qu'on l'avait* **cru** ; c'est-à-dire, qu'on avait cru *cela, qu'elle était nombreuse.*

Participe passé précédé du pronom EN.

236. — Le pronom *en* placé devant le participe n'est point complément direct de ce participe; il est déterminatif du complément direct exprimé ou sous-entendu après le participe. En conséquence le pronom *en* ne commande jamais l'accord et le participe ne varie pas. Exemples :

Il a beaucoup de livres, mais il **en** *a* **lu** *seulement* quelques-uns; c'est-à-dire, *il a lu seulement* quelques-uns *de cela, des livres :* le complément direct est le pronom *quelques-uns,* placé après le participe.

*Il a élevé plus de monuments que d'autres n'***en** ont **détruit** (Acad.). Ici le complément direct est sous-entendu, et la phrase signifie *que d'autres n'ont détruit* un certain nombre *de cela, de monuments.*

Participe passé précédé de LE PEU.

237. — Le mot *le peu* a deux sens; il signifie *la petite quantité* ou bien il signifie *le trop peu, l'insuffisance, le manque.*

238. — Lorsque *le peu* signifie *la petite quantité,* il est collectif partitif, et c'est le nom qui le suit qui commande l'accord. Exemple : Le peu *d'*attention que *vous avez* **donnée** *à cette règle a suffi pour vous la faire comprendre.*

C'est le mot *attention* qui commande l'accord du participe *donnée,* parce que *le peu d'attention* signifie *la petite quantité d'attention.* Remarquez que le sens de la phrase est *positif :* on a donné de l'attention, puisque la règle a été comprise.

239. — Lorsque *le peu* signifie *le trop peu, l'insuffisance,*

le manque, il est nom commun masculin, et il commande l'accord du participe. Exemple : Le peu *d'*attention que *vous avez* **donné** *à cette affaire est cause de l'embarras où vous vous trouvez.*

C'est-à-dire *le trop peu, l'insuffisance, le manque d'attention* que vous avez *donné,* etc. Remarquez que le sens de la phrase est *négatif :* vous n'avez pas donné d'attention ou vous n'en avez pas donné assez, et c'est là la cause de l'embarras où vous êtes.

Participes COUTÉ, VALU, PESÉ.

240. — Les participes *coûté* et *valu* ne varient point lorsqu'ils sont employés dans les sens propre, c'est-à-dire pour exprimer l'idée de *prix,* de *valeur.* Exemple : *Je regrette les vingt mille francs* que *cette maison m'a* **coûté,** *parce qu'elle ne les a jamais* **valu.**

241. — Ces participes varient lorsqu'ils sont employés dans le sens figuré, c'est-à-dire pour exprimer l'idée de *causer,* de *procurer.* Exemples :

> Après tous les ennuis que ce jour m'a COUTÉS.   (RACINE).

c'est-à-dire *m'a causés.*

> Ces honneurs, c'est mon rang qui me *les* a VALUS.

c'est-à-dire *qui me les a procurés* (1).

242. — *Peser* est intransitif lorsqu'il signifie avoir un certain poids (Acad.). Dans ce cas son participe passé ne varie point : *Les cent kilogrammes que cette caisse* a **pesé.** Il est transitif lorsqu'il signifie *constater le poids* et quand il est employé dans le sens figuré : *Les sacs que cet homme* a **pesés.** *Ces raisons, je les* ai **pesées.**

Participe passé des verbes pronominaux.

243. — Le participe passé des verbes pronominaux est construit, avons-nous dit (page 53), en apparence avec le

---

(1) Contrairement à l'usage constant des bons écrivains et à l'opinion de tous les grammairiens, l'Académie ne fait point varier le participe *coûté* employé dans le sens figuré.

verbe *être* et en réalité avec *ayant*, du verbe *avoir*, qui reste
sous-entendu : *Je me suis blessé*, c'est-à-dire *je suis* ayant
blessé moi. En conséquence :

244. — RÈGLE GÉNÉRALE. Le participe passé des verbes
pronominaux suit les mêmes règles que le participe passé des
autres verbes qui prennent l'auxiliaire *avoir*.

Ainsi l'on écrira avec accord : Elles se *sont* **coupées** *à la
main*, c'est-à-dire, *elles ont coupé* soi, elles-mêmes *à la main*.
Ici le pronom *se*, mis pour *elles*, est complément direct du
participe.

Et l'on écrira sans accord : *Elles se sont* **nui**, c'est-à-dire,
elles ont nui à soi, à elles-mêmes ; *elles se sont* **coupé** *le
doigt*, c'est-à-dire, *elles ont coupé* à soi, à elles-mêmes le
doigt. Ici le pronom *se* mis pour *à soi* est complément indirect.

245. — Il faut donc voir si l'un des pronoms *me, te, se,
nous, vous*, qui précède le verbe pronominal signifie *moi, toi,
soi, nous, vous*; dans ce cas il est complément direct et commande l'accord : ou bien s'il signifie *à moi, à toi, à soi, à
nous, à vous*, et dans ce cas il est complément indirect et ne
commande point l'accord. Voici à ce sujet quelques observations fort utiles.

246. — Nous avons vu (page 55) qu'il y a deux sortes de
verbes pronominaux : 1° les verbes *essentiellement* pronominaux, qui prennent toujours le pronom *se* à l'infinitif, tels
que *s'emparer, s'enfuir, s'en aller;* 2° et les verbes *accidentellement* pronominaux, qui ne prennent pas toujours le pronom *se* à l'infinitif, tels que *se blesser, se
nuire.*

1° Le participe passé des verbes *essentiellement* pronominaux s'accorde toujours avec le pronom *me, te, se*, etc., qui
le précède, parce que ce pronom en est toujours le complément
direct ; exemples : *Les ennemis se sont* **enfuis**. *Mesdames,
vous* **vous** *êtes* **emparées** *des meilleures places. Ces demoi-
selles s'en sont* **allées**.

EXCEPTION. Le verbe *s'arroger*, qui signifie *s'attribuer*, est le seul verbe essentiellement pronominal, qui n'ait pas pour complément direct le pronom *me, te* ou *se,* etc., qui le précède : on écrira donc : *Elles* **se** *sont* **arrogé** *des droits qu'elles n'avaient pas* (*des droits,* complément direct ; *se* pour *à soi,* complément indirect). *Les, droits* **qu'elles se** *sont* **arrogés** (*que,* pour *lesquels droits,* complément direct).

2° Le participe passé des verbes *accidentellement* pronominaux s'accorde avec le pronom *me, te* ou *se,* etc., qui le précède, si ce pronom, mis pour *moi, toi, soi,* etc., est complément direct ; et il ne s'accorde point avec ce pronom, s'il est mis pour *à moi, à toi, à soi,* etc. Exemples : *Ces Messieurs* **se** *sont* **blessés** (ont blessé *soi*). *Nous* **nous** *sommes* **promenés** (nous avons promené *nous*). *Elles* **se** *sont* **nui** (elles ont nui *à soi, à elles*). *Nous* **nous** *sommes* **parlé** *longtemps* (nous avons parlé *à nous*).

247. — REMARQUES. I. Il suit de là que le participe passé d'un verbe accidentellement pronominal formé d'un verbe intransitif, ne varie jamais. Exemples : *Ils* **se** *sont* **ri** *de nos menaces. Elles* **se** *sont toujours* **plu** *à mal faire. De graves événements* **se** *sont* **succédé** *en peu de temps.*

II. Certains verbes accidentellement pronominaux sont considérés comme essentiellement pronominaux, parce qu'ils ont, sous cette dernière forme, une signification toute différente de celle qu'ils ont sous la forme simple ; tels sont *s'apercevoir* ou *s'aviser* d'une chose, *s'attaquer à, se douter de,* etc. (Voir page 55). On écrira donc : *Elles* **se** *sont* **aperçues** *de leur maladresse. Ils* **se** *sont* **attaqués** *à moi. Nous* **nous** *sommes* **tus.**

III. Si le verbe pronominal a le sens du verbe passif, son participe s'accorde : *Cette maison* **s'est** **bâtie** *en quinze jours ;* c'est-à-dire *a été bâtie.*

IV. *S'imaginer* signifie imaginer *en soi,* figurer *à soi ; se persuader,* signifie persuader *à soi ;* en conséquence, les pronoms *me, te, se,* etc., ne commandent point l'accord du participe de ces verbes. Exemples : *Elle* **s'est** **imaginé ;** *nous*

nous *sommes* **imaginé**. *Ils s'étaient* **persuadé** *qu'on n'osé-rait les contredire* (Acad.).

Cependant lorsque *se persuader* est réciproque, le pronom *se* commande l'accord, parce qu'il signifie *soi* et non *à soi* : *Ils se* sont **persuadés** *mutuellement* (Bescher).

CHAPITRE VII.

ADVERBE.

248. — **Auparavant, alentour, dedans, dehors, dessus, dessous.** Ces adverbes ne doivent jamais être employés avec un complément, au lieu des prépositions *avant, autour de, dans, hors de, sur, sous.* Ainsi :

Ne dites pas :	*Dites :*
Auparavant lui,	*Avant* lui,
Alentour de moi,	*Autour* de moi,
Dedans la boîte,	*Dans* la boîte,
Dehors la chambre,	*Hors* de la chambre,
Dessus la table,	*Sur* la table,
Dessous la chaise.	*Sous* la chaise.

249. — Mais après la préposition *de* il faut, au contraire, employer *dedans, dessus, dessous*, et non *dans, sur, sous.* Ainsi il faut dire : *Otez cela* de dessus *la table*, de dessous *le lit*, de dedans *le pupitre*; et non pas *de sur* la table, etc.

250. — **Davantage** signifie *plus* et *plus longtemps*; exemples : *La science est estimable, mais la vertu l'est bien da-vantage. Ne restez pas* davantage.

251. — Cependant *plus* et *davantage* ne s'emploient pas indifféremment l'un pour l'autre. *Davantage* ne peut être suivi de la préposition *de*, de la conjonction *que*, ni d'un com-plément; on ne dit pas : *Il a* davantage de *brillant que de so-lide*; *j'en ai* davantage que *lui*; il faut dire : *Il a plus de brillant que de solide; j'en ai plus que lui*.

252. — En outre, l'adverbe *davantage* ne peut pas s'em-ployer dans le sens de *le plus*; ainsi ne dites pas : *Cette* *distinction est celle qui le flatte* davantage; dites : *Qui le flatte le plus.*

253. — **Aussi** et **si.** L'adverbe *aussi* exprime la comparaison; l'adverbe *si* exprime l'extension et signifie *tellement, à tel point.* Par conséquent, dans les comparaisons il faut employer *aussi* et non *si.* Ne dites pas : *Nous sommes* **si** *fatigués que vous;* dites : *Nous sommes* **aussi** *fatigués que vous.*

254. Cependant, avec une négation, on peut employer *si,* au lieu de *aussi,* dans les comparaisons; exemple : *Il n'est* pas **si** *riche que vous* (Acad.).

255. — **Ne.** C'est une faute que d'employer la négation *ne* après les locutions *avant que* et *sans que;* ne dites pas : *J'irai le voir* avant qu'*il ne parte; je ne puis parler* sans qu'*on ne m'interrompe;* dites *Avant qu'il parte; sans qu'on m'interrompe.*

256. — **Plus** et **mieux.** *Plus* exprime l'idée d'une quantité plus grande; *mieux* exprime une idée de perfection. Il faut donc dire : *Il a plus de vingt francs,* et non pas, il a *mieux de* ou *mieux que* vingt francs.

257. — **Plus** tôt et **plutôt.** *Plus tôt,* en deux mots, exprime une idée de temps; c'est l'opposé de *plus tard : J'arriverai plus tôt que vous.*

Plutôt, en un seul mot, exprime une idée de préférence : *Je choisirai plutôt celui-ci.*

CHAPITRE VIII.

PRÉPOSITION.

258. — **Au travers** et **à travers.** *Au travers* doit être suivi de la préposition *de : Au travers des ennemis.* ·

A travers n'en est pas suivi : *A travers les ennemis.*

259. — **Entre** et **parmi.** *Entre* se dit de l'espace qui sépare deux personnes ou deux choses : *Mettez-vous* **entre** *lui et moi;* **entre** *Paris et Rouen.* Il exprime aussi la réciprocité : *Ils s'aident* **entre** *eux;* et s'emploie en outre pour signifier

au milieu de, dans le nombre de : Il *fut trouvé* **entre les morts** (Acad.).

. *Parmi* ne signifie que *dans le nombre de, au milieu de,* et ne peut s'employer que devant un pluriel ou devant un nom collectif : **Parmi** *les blessés,* **parmi** *la foule.*

260. — **En campagne, à la campagne.** *En campagne* signifie en voyage ou hors de chez soi pour affaires, en mouvement, surtout en parlant des troupes. Exemples : *Il s'est mis* **en campagne** *pour découvrir la demeure de cette personne* (Acad.). *Les armées sont* **en campagne.**

. *A la campagne* signifie *aux champs.* Exemple : *Il demeure* **à la campagne.**

, 261. — **Près de** et **prêt à.** *Près de,* suivi d'un infinitif, signifie *sur le point de :* La guerre est **près** d'éclater.

Prêt à signifie *disposé à :* Il est toujours **prêt à** s'admirer.

Ne confondez donc pas ces deux expressions; ne dites point, par exemple : *Ce mur est* **prêt à** *tomber;* dites : Ce mur est *près de* tomber.

262. — **Quant** et **quand.** *Quant à* est une préposition qui signifie *à l'égard de, pour ce qui est de.* Exemple : **Quant à** *vous, je vous plains.*

Quand est une conjonction et signifie *lorsque* ou *à quelle époque.* Exemples : **Quand** *il fut arrivé;* **quand** *viendra-t-il?*

263. — **Voici, voilà.** *Voici* annonce ce que l'on va dire. Exemple : **Voici** *ce que dit le Seigneur : Aimez-vous les uns les autres.*

Voilà indique ce que l'on vient de dire. Exemple : *Craignez Dieu, observez sa loi :* **voilà** *toute la sagesse.*

Voici s'emploie en outre pour indiquer l'objet le plus proche, et *voilà* pour l'objet le plus éloigné : **Voici** *votre livre et* **voilà** *le mien.*

CHAPITRE IX.

CONJONCTION.

264. — **Comme.** Quand il y a comparaison, il ne faut pas se

servir de la conjonction *comme*, à la place de la conjonction *que*. Ne dites pas : *Je suis aussi fort* comme *lui;* dites : *Je suis aussi fort* que *lui.*

265. — **Ni.** Il ne faut jamais placer cette conjonction devant la préposition *sans*. Ainsi ne dites pas : *Sans peine* ni sans *travail;* dites : *Sans peine* ni *travail,* ou *sans peine* et sans *travail.*

266. — **Parce que** et **par ce que.** *Parce que*, en deux mots, est une locution conjonctive qui signifie *par la raison que.* Exemple : *On ne le croit pas,* parce qu'*il dit souvent des mensonges.*

Par ce que, en trois mots (*par*, préposition, *ce* et *que*, pronoms), est une locution qui signifie *par la chose que, d'après la chose que.* Exemple : **Par ce que** *je sais déjà de lui, je m'en méfie.*

267. — **Quoique** et **quoi que.** *Quoique*, en un seul mot, est une conjonction signifiant *bien que.* Exemple : **Quoique** *pauvre, il est honnête.*

Quoi que, en deux mots, qui sont deux pronoms, signifie *quelle que soit la chose que.* Exemple : **Quoi que** *vous disiez;* c'est-à-dire, *quelle que soit la chose que vous disiez.*

268. — Remarque. *Malgré que* ne se dit plus (1); au lieu de **malgré qu'** *il soit fort,* dites : **Quoiqu'** *il soit fort.*

CHAPITRE X.

LOCUTIONS VICIEUSES.

269. — **A.** Il ne faut point employer la préposition *à* au lieu de la préposition *de* pour marquer la possession. Dites : *La maison* de *mon oncle, c'est la fête* de *mon père;* et non *la maison* à *mon oncle, la fête* à *mon père.*

270. — **Agir.** Ne mettez jamais *en* devant ce verbe; dites : *Il a bien agi* avec *moi* ou *envers moi,* et non pas *il* en *a bien agi.*

271. — **Après.** Cette préposition signifie *à la suite de.* Ne dites donc pas : *Vous avez un accroc* après *votre habit, la clé est* après

(1) Excepté dans cette locution *malgré qu'il* en ait, *malgré qu'on* en ait, dont le sens est *en dépit de*

la porte; dites : *Un accroc à votre habit, la clef est à la porte.*
Ne dites pas non plus : *On demande* après *vous ; dites : On vous demande.*

272. — **Casuel.** Cet adjectif signifie : *Qui arrive par hasard, qui peut arriver ou n'arriver pas.* Il s'emploie aussi comme nom pour désigner un revenu ou un gain accidentel. Exemple : *Il a six cents francs de traitement fixe et environ six cents de casuel.* Mais jamais *casuel* ne signifie *qui peut se casser.* Il faut donc dire : *Un objet fragile,* et non *un objet casuel.*

273. — **Conséquent.** Cet adjectif exprime une idée de liaison, de suite, de conformité ; mais il n'a jamais signifié *important, considérable.* On fait donc une faute tres-grossière lorsqu'on dit : *C'est une propriété* conséquente, *cette somme est* conséquente ; il faut dire : *C'est une propriété* considérable, *cette somme est* importantte.

274. — **Éviter.** Ce verbe signifie fuir, esquiver quelque chose de nuisible, de désagréable (Acad.). Il ne faut donc pas lui donner le sens d'*épargner ;* ainsi ne dites point : *Je vous éviterai cette peine ;* dites : *Je vous* épargnerai *cette peine.*

275. — **Fixer.** Attacher, affermir, arrêter, établir (Acad.); exemple : Fixer *une chose au moyen d'un clou.* On dit fort bien : Fixer *ses regards sur quelqu'un,* c'est-à-dire *arrêter* ses regards sur quelqu'un ; mais le verbe *fixer* tout seul ne signifie jamais *regarder.* Ne dites donc pas, en parlant de quelqu'un : *Je l'ai fixé longtemps, je l'ai bien reconnu ;* dites : *Je l'ai* regardé *longtemps.*

276. — **Fortuné.** Cet adjectif signifie *heureux* ou *qui donne le bonheur ;* mais il ne signifie point *riche, qui a de la fortune.* Vous direz donc : *Cet homme est riche,* et non *cet homme est fortuné.*

277. — **Matinal, matineux, matinier.** Il ne faut pas confondre ces mots. *Matinal* signifie qui s'est levé de bonne heure ; *matineux,* qui a l'habitude de se lever matin ; *matinier,* qui est du matin, comme *étoile matinière.*

278. — **Midi, minuit.** Substantifs masculins, toujours du singulier. En conséquence, il faut dire : *Sur le midi, sur le minuit ;* et non *sur les midi, sur les minuit.*

Dites aussi : *Midi est* sonné, et non pas *midi a* sonné.

279. — **Observer.** Ce verbe signifie *remarquer,* et l'on doit l'employer absolument de même. Ne dites donc jamais : *Je vous observe que cela déplait ;* car vous ne diriez point : *Je vous remarque que cela déplaît ;* dites : *Je vous fais observer que cela déplaît,* comme vous diriez : *Je vous fais remarquer,* etc.

280. — **Plaire : Ce qui plaît, ce qu'il plaît.** *Ce qui plaît,* c'est ce qui est agréable ; *ce qu'il plaît,* signifie ce que l'on veut. *Cet enfant ne fait que ce qui lui plaît,* c'est-à-dire, ne fait que ce qui lui est agréable ; *cet enfant fait tout ce qu'il lui plaît,* c'est-à-dire, tout ce qu'il veut, tout ce qui lui passe par la tête.

281. — **Se rappeler.** Le verbe *rappeler* signifie *appeler de nouveau : se rappeler* veut donc dire littéralement *appeler de nouveau, faire revenir* dans son esprit. La chose que l'on rappelle est complément direct et non complément indirect. Ne dites donc pas : *Je*

me rappelle de cela, *je m'en rappelle parfaitement*, dites : *Je me rappelle* cela, *je me le rappelle parfaitement.*

282. — *Enfin, ne dites pas :*   *Dites :*

Enfin, ne dites pas :	*Dites :*
Allez vous changer	Allez changer de vêtements
Dernier à Dieu	Denier à Dieu (1)
Donnez-moi-s-en	Donnez-m'en
Menez-m'y, *ni* menez-moi-s-y	Menez-y-moi (*Acad.*), *et mieux* Je vous prie de m'y mener, *ou* Veuillez m'y mener
Vous allez dans votre voiture, donnez-m'y une place	Donnez-y-moi une place (*Acad.*), *ou mieux* Veuillez m'y donner, je vous prie de m'y donner une place
J'espère que j'ai bien travaillé (2)	J'aime à croire que j'ai bien travaillé
Je vous demande excuse	Je vous demande pardon, *ou* je vous fais mes excuses
Il jouit d'une mauvaise santé (3)	Il a une mauvaise santé
Je me suis en allé	Je m'en suis allé
J'y vas, je m'en y vas	J'y vais
La semaine qui vient	La semaine prochaine
L'idée lui a pris	L'idée lui est venue
Je promène	Je me promène
Je vous promets que je dis la vérité (4)	Je vous assure que je dis la vérité
Partir à la campagne	Partir pour la campagne
Remplir un but	Atteindre un but
Rétablir le désordre	Rétablir l'ordre
Rue passagère	Rue passante
Sucrez-vous	Sucrez votre café, votre thé
J'ai lu sur le journal	J'ai lu dans le journal
Tant pire	Tant pis
Tendresse des légumes, de la viande	Tendreté
Tête d'oreiller	Taie d'oreiller
Un quelqu'un, un chacun	Quelqu'un, chacun
Des plantes venimeuses	Des plantes vénéneuses (5)
En définitif	En définitive

Outre ces mauvaises locutions, on entend quelquefois les mots suivants, qu'il faut bien se garder d'employer ; car *ces mots ne sont pas* français.

---

(1) *Denier à Dieu*, arrhes d'un marché.
(2) *Espérer* se dit pour une chose à venir et non pour une chose passée.
(3) Il n'y a pas de locution plus ridicule, car on ne peut pas jouir d'une mauvaise chose.
(4) On promet pour l'avenir et non pour le moment où l'on parle.
(5) *Vénéneux* se dit des plantes ; *venimeux* se dit des animaux.

MOTS QUI NE SONT PAS FRANÇAIS :	MOTS QUI SONT FRANÇAIS :
Apparution. . . . . . . *pour*	Apparition
Bisquer. *Il* bisque.	Pester. *Il* peste
Il brouillasse	Il bruine
Cacaphonie	Cacophonie
Caneçon.	Caleçon
Casterole	Casserole
Castonade.	Cassonade
Colidor	Corridor
Comparition.	Comparutiou
Chipoteur, chipoteuse.	Chipotier
Corporence	Corpulence
Décesser. *Il ne* décesse *de par-*	Il ne cesse *de parler*
ler.	
Dépersuader.	Dissuader
Désagrafer.	Dégrafer
Disparution	Disparition
Échaffourée	Échauffourée
Éduqué. *Un enfant bien* édu-	Élevé. *Un enfant bien* élevé
qué.	
Embrouillamini	Brouillamini
Enflammation	Inflammation
Farce (adj.) *Cet homme est*	Farceur. *Cet homme est* farceur
farce	
Gigier	Gésier
Marronner.	Marmonner
Minable	Misérable
Palfermier	Palefrenier
Pantomine.	Pantomime
Pointilleur.	Pointilleux
Rancuneur	Rancunier
Rébarbaratif.	Rébarbatif
Rémouler *ou* émouler *un cou-*	Émoudre *ou bien* aiguiser
teau.	
Réprimandable	Répréhensible
Rimoulade.	Rémoulade
Secoupe	Soucoupe
Soupoudrer	Saupoudrer
Se suicider (1).	Se donner la mort
Siau d'eau.	Seau d'eau
Trémontade.	Tramontane
Trésoriser.	Thésauriser
Vagistas	Vasistas
Vessicatoire.	Vésicatoire

---

(1) Ceux qui savent le latin voient bien que ce verbe n'est point français et qu'il ne peut pas l'être, parce qu'il est formé contrairement a toutes les règles de la logique et de la grammaire. Aussi l'Académie a-t-elle eu raison de repousser ce détestable néologisme. Quant au substantif *suicide*, c'est un très-bon mot.

CHAPITRE XI.

PREMIERS ÉLÉMENTS D'ANALYSE LOGIQUE.

L'*Analyse logique* est la décomposition d'une proposition en ses parties, telles que le sujet, le verbe, l'attribut.

De la proposition.

283. — Quand on nomme une personne ou une chose et que l'on dit comment est, a été, ou sera cette personne ou cette chose, ou bien ce qu'elle fait, a fait, ou fera, on énonce une *proposition*.

Exemples : *Henri est paresseux.* Je dis comment est Henri; c'est là une proposition.

La terre est ronde. Je dis comment est la terre; c'est aussi une proposition.

Les Romains conquirent la Gaule. Je dis ce que firent les Romains.

J'irai vous voir demain. Je dis ce que je ferai demain.

284. — La **proposition** est donc une réunion de mots par lesquels on affirme l'état ou l'action d'une personne ou d'une chose.

Du sujet, de l'attribut et du verbe.

285. — Dans toute proposition, il y a trois parties essentielles qu'on appelle le *sujet,* le *verbe* et l'*attribut.*

286. — Le **sujet** de la proposition est ce que nous avons appelé jusqu'à présent sujet du verbe. C'est la personne ou la chose, les personnes ou les choses dont on affirme l'action, l'état, la manière d'être.

Dans la proposition **Henri** *est paresseux,* le sujet est *Henri.* Dans la proposition **les Romains** *conquirent la Gaule,* le sujet est le substantif *les Romains*; et dans *j'irai vous voir demain,* le sujet est le pronom *je.*

287. — Le sujet est quelquefois sous-entendu, comme

5.

quand on dit : *Travaillez ;* c'est-à-dire, **vous,** *soyez travaillant.* On dit alors qu'il y a *ellipse* du sujet.

288. — L'**attribut** est la partie de la proposition qui exprime la manière d'être du sujet , c'est-à-dire comment *est, a été,* ou *sera* le sujet. Exemples :

Henri est **parésseux.** L'attribut est l'adjectif *paresseux ;* car ce mot exprime la manière d'être de Henri, c'est-à-dire comment est Henri.

Charles a été **maladè.** L'attribut est l'adjectif *malade,* puisque ce mot exprime la manière d'être de Charles.

289. — L'attribut est quelquefois sous-entendu, comme dans *Mon livre est sur la table ;* c'est-à-dire, *est* placé *sur la table.* On dit alors qu'il y a *ellipse* de l'attribut.

290. — Le **verbe** est la partie de la proposition qui réunit l'attribut au sujet , en affirmant que cet attribut convient au sujet actuellement, dans un temps passé ou dans l'avenir.

Henri **est** *paresseux.* Le verbe *est* réunit l'attribut *paresseux* au sujet *Henri,* et affirme en outre que la manière d'être *paresseux* est actuellement celle de Henri.

Verbe essentiel, verbes attributifs.

291. — Il n'y a réellement qu'un seul verbe, le verbe *être.* Tous les autres mots que l'on appelle aussi des verbes, renferment en eux le sens du verbe *être* et d'un attribut qui est leur participe présent.

Ainsi, *le feu brille* signifie la même chose que *le feu est* **brillant.** Ce mot *brille,* qui renferme le verbe *être* et l'attribut *brillant,* est un *verbe attributif.*

292. — Tous les verbes, autres que le verbe *être,* sont des verbes attributifs et peuvent se décomposer de là même manière : *aimer,* c'est *être aimant ; finir, être finissant,* etc.

293. — Pour décomposer un verbe attributif, il faut prendre le verbe *être* au même temps et à la même personne que ce verbe attributif, et mettre à la suite le participe présent de ce verbe.

Ainsi, dans l'analyse des propositions *les Romains conqui-*

rent la Gaule, *J'irai vous voir demain*, on décomposera le verbe attributif de cette manière : *Les Romains furent conqué-* *rant la Gaule ; je serai allant vous voir demain.*

294. — REMARQUES. I. Il y a dans une phrase autant de propositions qu'il y a de verbes ayant un sujet (1). Ainsi, dans cette phrase : *Je suis venu, j'ai vu, j'ai vaincu,* il y a trois propositions ; car les trois verbes, *suis venu, ai vu, ai vaincu,* ont chacun pour sujet le pronom *je.*

II. Lorsque la proposition est négative comme celle-ci : *Vous n'êtes point patient,* la négation tombe réellement sur l'attribut et non sur le verbe. En effet, on peut exprimer la même pensée de cette manière : *Vous êtes impatient;* et l'on a une proposition dont l'attribut *impatient* est évidemment formé de la négation et du premier attribut réunis.

Il suit de là que le verbe affirme toujours même dans une proposition négative, et qu'en faisant l'analyse, il faut réunir la négation à l'attribut. Ainsi la proposition : *Je ne parle pas* doit s'analyser de cette manière : *Je,* sujet; *suis,* verbe; *ne parlant pas* ou *non parlant,* attribut.

Sujet simple, sujet multiple ; attribut simple, attribut multiple.

295. — Le sujet est *simple* ou il est *multiple.*

296. — Lorsque dans une proposition il n'y a qu'un seul sujet, soit au singulier, soit au pluriel, on dit que ce sujet est *simple.* Exemples : **La terre** *tourne; la terre,* sujet simple. — **Les Romains** *conquirent la Gaule; les Romains,* sujet simple. — **L'amour** *des richesses empêche d'être heureux; l'amour,* sujet simple.

297. — Si le sujet est double, triple, etc. ; c'est-à-dire, s'il y a plusieurs sujets particuliers pour le même verbe, on dit que ce sujet est *multiple.* Exemples :

Henri *et* **Charles** *jouent; Henri et Charles,* sujet mul- tiple. — **Les lettres, les sciences** *et* **les arts** *furent cultivés; les lettres, les sciences et les arts,* sujet multiple.

---

(1) Ou, ce qui est la même chose, autant qu'il y a de verbes qui sont à tout autre mode qu'à l'infinitif ou qu'au participe.

298.— Dans ce cas, la proposition est aussi *multiple*; c'est-à-dire qu'il y a réellement autant de propositions qu'il y a de sujets particuliers. C'est comme si l'on disait : *Henri joue et Charles joue*; *les lettres furent cultivées, les sciences furent cultivées*, etc.

299. — De même, l'attribut est *simple* ou *multiple*.

300. — Si dans une proposition il n'y a qu'un seul attribut; en d'autres termes, si l'on n'exprime qu'une seule manière d'être, on dit que l'attribut est *simple*. Exemples :

Henri est **paresseux;** *paresseux*, attribut simple. — *Henri et Charles jouent*, c'est-à-dire, *sont* **jouant;** *jouant*, attribut simple. — *Les Romains conquirent la Gaule*, c'est-à-dire, *furent* **conquérant** *la Gaule; conquérant*, attribut simple.

301. — L'attribut est *multiple* lorsqu'il est double, triple, etc.; en d'autres termes, lorsque plusieurs manières d'être sont exprimées. Exemples :

Dieu est **juste** *et* **bon**: *juste et bon*, attribut multiple.

Henri IV assiégea Paris et nourrit les Parisiens en proie à la famine; c'est-à-dire, *Henri IV fut* **assiégeant** *Paris et* **nourrissant** *les Parisiens*, etc. ; *assiégeant* et *nourrissant*, attribut multiple.

302. — Lorsque l'attribut est multiple, la proposition l'est aussi : *Dieu est juste et bon*; c'est comme si l'on disait : *Dieu est juste, Dieu est bon*.

Sujet simple, sujet multiple; attribut simple, attribut multiple.

303.—Le sujet est *complexe*, lorsqu'il est accompagné d'un ou de plusieurs *compléments*, c'est-à-dire de mots qui s'y rapportent et qui en complètent le sens. Exemples :

Mon *livre est égaré*. Le sujet *livre* a pour complément l'adjectif possessif *mon*, qui fait connaître de quel livre je parle : le sujet *livre* est donc complexe.

L'œuvre **de la création** *est magnifique*. La signification du sujet *l'œuvre* est complétée par les mots *de la création*; ce sujet est complexe.

Le péché, **détesté de Dieu**, *souille l'âme*. Les mots *détesté*

. *de Dieu* se rapportent au sujet *le péché,* dont ils complètent le sens en présentant le péché comme horrible à Dieu ; le sujet *péché* est donc complexe.

304. — Si le sujet n'a pas de complément, on dit qu'il est *incomplexe.* Exemple : **Henri** *est paresseux.*

305. — De même l'attribut est *complexe,* lorsqu'il est accompagné de mots qui en complètent la signification. Exemples :

Charles est arrivé **hier soir.** Les mots *hier soir* complètent le sens de l'attribut *arrivé,* en faisant connaître l'époque où Charles est arrivé ; cet attribut est complexe, et les mots *hier soir* sont un complément de l'attribut.

Henri a écrit **à son père.** Les mots *à son père* complètent le sens de l'attribut *écrivant ;* cet attribut est donc complexe.

Les Romains conquirent **la Gaule.** *La Gaule,* complément de *conquérant,* attribut complexe.

306. — Si l'attribut n'a pas de complément, on dit qu'il est *incomplexe* ; exemple : *La terre est ronde.*

Compléments du sujet, compléments de l'attribut.

307. — Les compléments du sujet sont ou *déterminatifs* ou *explicatifs.*

308. — Le complément du sujet est *déterminatif,* lorsqu'il détermine, c'est-à-dire lorsqu'il fixe, lorsqu'il précise la signification du sujet, en faisant connaître de qui ou de quoi l'on parle. Exemples :

Mon *livre est égaré ;* l'adjectif possessif *mon* est un complément déterminatif du sujet *livre,* car il fixe le sens de ce mot, en faisant connaître que je parle d'un livre qui m'appartient.

L'œuvre **de la création** *est magnifique.* Le complément *de la création* est déterminatif, car il fait connaître de quelle œuvre on parle.

309. — REMARQUE. On reconnaît facilement que le complément est déterminatif en ce qu'il ne peut être retranché. En effet, si on le retranchait, le sens de la proposition ne serait plus clair ou serait absurde ; si je disais : *Livre est égaré,*

l'œuvre est magnifique, on ne saurait ni de quel livre, ni de quelle œuvre je parle.

310. — Le complément du sujet est *explicatif*, lorsqu'il ne détermine point le sens du sujet et qu'il explique simplement quelque chose qui se rapporte au sujet.

Exemple : *Le péché*, **détesté de Dieu**, *souille l'âme*. Le complément *détesté de Dieu* ne détermine point le sens du sujet *le péché*, puisque l'on parle de tout péché en général ; c'est un complément explicatif.

311. — Rémarque. Le complément explicatif peut se retrancher sans que la proposition cesse d'être claire ou devienne absurde ; on peut très-bien dire : *Le péché souille l'âme.* Il faut remarquer aussi que le complément explicatif est placé entre deux virgules.

312. — Nous distinguerons trois sortes de compléments de l'attribut : le complément *direct*, le complément *indirect* et le complément *circonstanciel* (1).

313. — Le complément *direct* de l'attribut est la même chose que le complément direct du verbe. *J'aime* **Dieu**, pour *je suis aimant* **Dieu**; *Dieu*, complément direct de l'attribut *aimant* ou du verbe *j'aime*. *Les Romains conquirent* **la Gaule**; *la Gaule*, complément direct du verbe *conquirent* ou de l'attribut *conquérant*.

314. — Nous appellerons complément *indirect* le mot qui, à l'aide d'une préposition exprimée ou sous-entendue, telle que *à, de, pour*, indique la personne ou la chose d'où part ou à laquelle aboutit l'action marquée par le verbe. *Il a donné des vêtements* **aux pauvres**; l'action de donner aboutit aux pauvres : il a donné *à qui? aux pauvres*, complément indirect. *Je reviens* **de Rome** *et je vais* **à Paris** ; l'action de revenir part de Rome et l'action d'aller aboutit à Paris : *de Rome* et *à Paris* sont des compléments indirects.

315. — Nous appellerons compléments *circonstanciels* ceux

(1) Dans l'analyse grammaticale, qui consiste essentiellement à désigner l'espèce et la forme des mots, on fait rentrer généralement les compléments circonstanciels dans les compléments indirects ; la distinction de ces deux sortes de compléments est nécessaire dans l'analyse logique, car cette analyse a pour but d'indiquer la fonction de chaque membre de la phrase.

qui expriment une circonstance de temps, de manière, de motif, de moyen, etc. *Remettons cette affaire* **à demain;** *à.demain,* complément circonstanciel de temps. *Il agit* **avec prudence** ou **prudemment;** *avec prudence* ou *prudemment,* complément circonstanciel de manière.

316. — REMARQUES. 1° L'attribut peut avoir un complément déterminatif, c'est-à-dire qui détermine le sens de cet attribut; exemple: *Je suis propriétaire* de cette maison; *de cette maison,* complément déterminatif de l'attribut *propriétaire.*

2° La phrase renferme quelquefois des compléments de complément. Par exemple: *J'ai écrit* à mon ami, *qui est en ce moment à Londres;* le complément indirect *à mon ami* a lui-même pour complément explicatif *qui est en ce moment à Londres.*

CHAPITRE XII.

PONCTUATION.

317. — La *ponctuation* a pour but de distinguer, au moyen de signes, les propositions entre elles ou les parties d'une proposition.

318. — Ces signes sont au nombre de six: la *virgule* (,), le *point-virgule* (;), les *deux-points* (:), le *point* (.), le *point d'interrogation* (?) et le *point d'admiration* ou *d'exclamation* (!). La virgule est le signe le plus faible; le point est le signe le plus fort.

Virgule.

319. — La virgule (,) sert à séparer:

1° Les noms, les pronoms, les infinitifs formant un sujet multiple. Exemple: *La candeur, la docilité, la simplicité, sont les vertus de l'enfance.*

2¹ Les adjectifs, les participes, les verbes formant un attribut multiple. Exemples: *La charité est douce, patiente, bienfaisante. Charles pleure, crie, s'agite.*

3° Les compléments de même nature. Exemple: *Nous avons acheté des couteaux, des ciseaux, des canifs*, etc.

REMARQUE. On ne met pas de virgule si les deux parties sont jointes immédiatement par *et, ni, ou*. Exemples : *Pierre et Paul sont amis. Charles pleure et crie.*

4° On sépare par une virgule les propositions de peu d'étendue et formant chacune un sens complet. Exemple : *Je l'appelle, il accourt.*

5° On met entre deux virgules le complément explicatif, et en général toute partie de phrase que l'on peut retrancher sans altérer le sens de la proposition. Exemple : *Le temps*, qui était beau hier, *est mauvais aujourd'hui.*

6° On met une virgule après le mot qui désigne la personne ou les personnes auxquelles on adresse la parole. Exemples : *Charles, viens ici. Messieurs, taisez-vous.*

REMARQUE. Si ce mot est placé dans la phrase même, on le fait précéder aussi d'une virgule. Exemples : *Vous,* Charles, *restez. Je dis,* messieurs, *qu'il faut obéir.*

Point-virgule.

320. — Le point-virgule (;) se met :

1° Entre les propositions d'une certaine étendue et liées par le sens : *La douceur est, à la vérité, une vertu ; mais elle ne doit pas dégénérer en faiblesse.*

2° Entre les parties semblables d'une même phrase, quand ces parties sont elles-mêmes déjà subdivisées par la virgule. *Vante-t-on dans un poëte la vigueur de l'âme, les sentiments sublimes, c'est Corneille; la sensibilité du cœur, le style tendre et harmonieux, c'est Racine; la molle facilité, la négligence aimable, c'est La Fontaine.*

Deux-points.

321. — On met les deux-points (:) :

1° Après une phrase qui annonce une citation ou les paroles d'une autre personne. Exemple : *Pythagore a dit : « Mon ami est un autre moi-même. »*

2° Après une phrase annonçant une énumération, ou après l'énumération elle-même et la proposition qui la suit. Exemple : *Voici ce qu'il vous faut* : *des livres, du papier et des plumes.*

Point, point d'interrogation et point d'admiration.

322. — Le point (.) se met à la fin des phrases quand le sens est entièrement fini. Exemple : *Le mensonge est le plus bas de tous les vices.*

323. — Le point d'interrogation (?) se met à la fin des phrases qui expriment une demande. Exemples : *Que voulez-vous? Qui a dit cela?*

324. — Le point d'admiration (!) se met après les interjections et après les phrases qui expriment l'admiration, la surprise, la terreur, la pitié, etc. Exemples : *Que Dieu est bon! Qu'il est doux de servir le Seigneur* !

TABLE DES MATIÈRES.

Coulommiers. — Imprimerie de A. MOUSSIN.

www.ingramcontent.com/pod-product-compliance
Lightning Source LLC
Chambersburg PA
CBHW060830250626
47162CB00005B/2013